OUVREZ LES YEUX

Maurice Lévy

Ouvrez les yeux

Fayard

Couverture Le Petit Atelier

ISBN : 978-2-213-72228-3
Dépôt légal mars 2022

Le Français est de tous les peuples celui qui se plaît à écraser ceux qui le servent.

Voltaire

Tout Français désire bénéficier d'un ou plusieurs privilèges, c'est sa façon d'affirmer sa passion pour l'égalité.

Charles de Gaulle

à nos enfants,
à leur avenir.

Avertissement

M'étant toujours tenu éloigné du débat politique, j'ai longtemps hésité à écrire ce texte.

En France, on aime assez que chacun s'exprime dans son domaine d'expertise, et lorsqu'on en sort on se voit suspecté d'arrière-pensées ou d'ambitions secrètes. Est-il besoin de préciser que je suis dépourvu des premières comme des secondes ?

Je tiens ici à partager un peu de ce que j'ai appris au fil des ans sur les Français, leurs envies, leurs motivations, leurs angoisses parfois, leurs inquiétudes souvent.

Je ressens l'envie ou plutôt le besoin que nous ouvrions un peu plus grand les yeux sur la classe moyenne française, cette majorité silencieuse, comme on l'a parfois qualifiée, et à laquelle il est grand temps de s'intéresser.

En « observateur engagé », pour emprunter à Gilles Martinet le titre de son magnifique ouvrage (Lattès, 2004), j'observe les tendances de la société française depuis des décennies, les évolutions des états d'esprit, des aspirations, des rêves et des déceptions… Mon métier de publicitaire me conduit à tenter de comprendre les consommateurs, de saisir leurs envies, leurs besoins ou leurs motivations afin d'aider les marques à mieux les prendre en compte de façon responsable et surtout respectueuse. Il existe beaucoup de techniques d'études pour tenter de les comprendre. Il ne s'agit pas seulement de mesurer ou de quantifier, ou de tenter d'établir un portrait aussi fidèle que la réalité. Car le portrait n'est pas plus la personne que la carte n'est le territoire.

Ces Français, il faut d'abord les écouter, et si possible les entendre. Leur état d'esprit est irréductible à des données chiffrées, si exactes soient-elles. Certes, les indicateurs statistiques sont importants, mais c'est loin d'être l'essentiel. Ce qui nous permettra de construire notre avenir n'est pas inscrit dans un bilan ou un tableau. Pour le trouver, il faut passer du mesuré au ressenti, de l'image à la parole. Une des solutions longtemps utilisée par les agences de publicité ou les instituts de recherche sociologique est l'étude qualitative sous forme de « réunions de groupe ». Au cours de celles-ci, un groupe d'une quinzaine de personnes s'exprime pendant quelques heures sur un thème donné : le crédit, la voiture, la consommation courante, voire une marque ou un modèle. Ces échanges sont riches d'enseignements, néanmoins cette méthode présente quelques défauts : la présence d'un modérateur qui peut, par sa gestuelle, ses intonations de voix ou ses questions, intimider les participants, orienter leurs réponses. En outre, réunir une quinzaine de personnes donne des résultats limités, et conduit souvent à multiplier l'exercice et parfois à le compléter par des enquêtes quantitatives pour vérifier les tendances énoncées dans lesdits groupes. Ces méthodes ont donné de bons résultats, mais l'apport du numérique nous a permis d'aller plus loin, plus profondément, dans notre quête de savoir pour mieux approcher les valeurs des populations que nous cherchions à toucher.

Cela a été rendu possible avec la création à Publicis, en 2006, de l'Observatoire FreeThinking, une plateforme digitale afin d'être au plus près de ce que les gens pouvaient penser, ressentir. En leur donnant la parole avec une plus grande liberté d'expression, loin de la présence d'un modérateur, et aussi en écoutant un nombre plus important de participants, deux à trois cents personnes, et ce non pas pendant trois ou quatre heures, mais une à deux semaines, nous approchions d'une solution plus juste.

Cette méthode a été rendue possible grâce à la technologie qui permet de faire dialoguer des centaines de personnes sur un blog ouvert à un panel sélectionné rigoureusement sur un même sujet. Ainsi, ils réagissent à une question, échangent entre eux, discutent, se contredisent, se disputent parfois, mais toujours ils s'expriment, faisant valoir librement leurs points de vue sans que la discussion puisse être dominée par un leader. C'est la méthode que nous avons utilisée pour nos études de consommation avec de remarquables résultats. Forts de cette expérience, nous avons voulu mieux comprendre notre société et avons suivi pendant une quinzaine d'années les Français de la « classe moyenne* ».

Dès 2007, nous les avons écoutés débattre, discuter, échanger à propos de leur situation personnelle, de celle de leurs familles, leurs parents, leurs enfants, leur propre avenir ou celui de leurs proches, sur leur vécu quotidien, la façon dont ils ont traversé toutes les crises que nous avons connues depuis lors. Nous les avons entendus s'exprimer sur leur vision de la société, leurs inquiétudes, angoisses ou espoirs, leurs critiques ou attentes de la politique et de nos leaders. Afin d'assurer la qualité aussi objective de ces travaux, nous avons demandé à des sociétés spécialisées de sélectionner à chaque fois, pour chaque étude, chaque vague, les Français qui composeraient les panels et de veiller à leur représentativité.

* Hommes et femmes. Actifs, étudiants et retraités. Diversité des âges et des structures familiales. Représentation de toutes les régions françaises et de toutes les tailles d'agglomération. Revenu foyer net compris entre 1 200 € et 3 000 € pour une personne vivant seule, entre 2 500 € et 5 600 € pour une personne vivant en couple (avec prise en compte différentielle selon le nombre d'enfants au sein du foyer).

Je ne prétends pas que ce système soit parfait, mais il offre de nombreux avantages et, surtout, il a prouvé sa grande fiabilité sur la durée.

C'est rassuré par la qualité de ces travaux que je me propose de partager avec vous les résultats de ces années d'études et d'observations.

En s'exprimant longuement sur ces plateformes, avec force détails sur leur quotidien, ces Français de la classe moyenne se sont montrés avides de dire leur ressenti de la situation du moment. Ils nous ont appris beaucoup sur eux, et par là même sur notre société et ses défis. Ces milliers d'heures d'expressions recueillies « à chaud » constituent une mémoire unique de notre temps, d'autant plus précieuse qu'elle fut suivie au long cours.

Je n'oserais dire que la « compilation » de ces études apporte des informations révolutionnaires. Bien de ces propos ont été déjà exprimés, souvent publiés, mais ils n'ont en fait jamais été véritablement entendus. C'est d'ailleurs là tout le mérite de ce travail : mettre en lumière des thèmes qui n'ont pas, ou trop peu, marqué les esprits des politiques ou des leaders d'opinion. Sans doute est-ce là l'origine, au moins en partie, du malaise et du mal-être de cette classe moyenne française qui s'est souvent sentie incomprise, non respectée, parfois méprisée ou abandonnée.

Après deux années de pandémie et alors que se dessinent les thèmes de l'élection présidentielle, en relisant les résultats de nos études, l'évidence de cette publication s'est imposée. Lorsque j'ai commencé ce travail, je n'avais pas idée de la montagne à laquelle je m'attaquais. Peut-être, comme moi, jugerez-vous que le tableau est loin des caricatures habituelles que l'on nous sert régulièrement et que partager ce savoir méritait l'effort fourni.

Si ce travail pouvait éclairer le débat, remettre ces Français et leurs préoccupations au cœur des projets des candidats, aider à mieux comprendre leur situation et leur état d'esprit, et surtout éclairer leur avenir, notre avenir, j'aurais le sentiment d'avoir fait œuvre utile.

Ai-je besoin de vous rassurer en précisant que je ne me pose ni en sociologue ni en politologue, et encore moins en donneur de leçons. J'aimerais inviter tous ceux qui le souhaitent et qui ressentent parfois douloureusement les failles qui traversent la communauté nationale à ouvrir les yeux sur leurs concitoyens. À écouter la majorité silencieuse, à tenter de mieux la comprendre, voire de l'entendre.

Et, bien sûr, je souhaiterais inviter ceux qui nous gouvernent, ou, en cette période de campagne, ceux qui ont l'ambition de le faire un jour, à écouter leurs concitoyens au-delà des sondages et des tendances souvent trompeuses des réseaux sociaux.

Un dernier mot : il s'agit ici de la majorité de la population, non de sa totalité ; il existe d'autres fragments de notre société que je n'ai pas cherché à représenter dans ce texte.

Vous l'aurez compris, je ne vise pas l'exhaustivité. Je me suis penché sur le cœur de la société française et j'espère donner ici une représentation honnête de ce qu'ils nous ont confié tout au long de ces années.

Enfin, et j'en aurai terminé avec cette introduction, je me suis longuement interrogé sur le fait d'écrire (décrire ?) sur la situation de ces Français de la classe moyenne, ma propre situation professionnelle et matérielle m'excluant de cette catégorie. Mais si je ne les côtoie pas quotidiennement, cela fait plus de cinquante ans que je vis avec eux, les observe, les écoute et, je crois, les comprends. Sans prétendre à être leur porte-parole, j'espère les aider à se faire entendre.

Ouvrez les yeux

Loin du bruit qui ne cesse de monter et qui va s'amplifier avec la campagne de l'élection présidentielle qui s'annonce, loin des propos excessifs, des caricatures ou des idées fausses, j'ai voulu prendre du recul et considérer l'évolution de l'état d'esprit des Français, qu'on dit de « classe moyenne », depuis le début de ce millénaire.

Cela fait maintenant des décennies que je prends le pouls de leur moral, que je me plonge dans leurs attitudes, que je cherche à déchiffrer leurs comportements pour tenter de mieux les comprendre, de deviner leurs goûts, leurs humeurs, leurs sentiments… et parfois leurs ressentiments ou francs mécontentements. Dans mon métier de publicitaire, la clé pour bien le faire, c'est l'écoute sincère, seule voie pour saisir vraiment les hommes et les femmes à qui l'on s'adresse. Au-delà de leur expression sur leurs envies ou besoins de consommer, ils nous ont livré bien des choses sur leur vie, leurs aspirations, leurs problèmes ou leurs espoirs.

Les craintes, puis le vécu du chômage, les risques liés aux délocalisations, les inquiétudes face aux évolutions technologiques ou encore – ou plutôt toujours – à l'insécurité ont rythmé ces décennies d'études et d'analyses marquées de chocs pétroliers, de cracks boursiers, de crises économiques, d'attentats terroristes, d'actes de délinquance et d'incivilités en tous genres, de craintes de l'autre, de l'étranger, et depuis peu par cette pandémie.

Rien ne leur aura été épargné. Aussi bien dans leur réalité que dans leur perception (ce qui est la même chose : dès lors qu'une crainte est fortement perçue, elle devient réelle). Cette perception, c'est la réalité sur laquelle doit se fonder l'action politique. Il nous faut donc tirer de ces milliers d'heures d'entretiens et d'échanges les instants les plus significatifs, mais il faut aussi les resituer dans la situation qui les a fait naître. Ma démarche sera donc à deux niveaux. D'abord, en restituant le cadre historique des événements, puis en faisant jaillir les paroles de ces hommes et femmes qui les ont ponctuées, comme les propos du chœur accompagnant l'action dans les tragédies antiques.

Avec le recul, il est intéressant de voir à quel point les Français ont été résilients et qu'ils ont souvent mieux compris les situations, mieux anticipé les risques, comme ceux qu'ils imaginaient être les conséquences des trente-cinq heures, et combien ils étaient mieux préparés à des réformes ou à des sacrifices que ne l'imaginaient les politiques (de tous bords, faut-il le préciser ?). Sans parler de leur comportement dans l'ensemble plutôt discipliné pendant cette période de crise sanitaire.

Longtemps les Français ont vécu sur la lancée des Trente Glorieuses, dans un univers pas toujours facile, mais aux repères familiers... Puis ils se sont aperçus que le monde s'était transformé de façon radicale. Et alors qu'ils affrontaient la crise économique de 2008, ils étaient entrés en Terra incognita. *Le choc a été rude.*

Reprenant les études réalisées sur cette longue période, je frémis de voir à quel point le moral des Français s'est dégradé au fil de ces années. Certes, nous sommes connus pour être râleurs, mécontents, mais non, nos concitoyens n'ont pas toujours été pessimistes. Les Trente Glorieuses ont bien sûr montré le visage souriant du progrès continu de la nation et de leurs situations personnelles ou de leur niveau de vie, même si les grèves ont été un rendez-vous régulier de leur mauvaise humeur et de leur exigence de négociations. Une tradition que beaucoup ont gardée bien vivante et perçue comme seul moyen connu du dialogue social. Les Français, en particulier les ouvriers et employés, ceux qu'on appelle donc les « Français moyens », ont vécu dans l'idée que la promotion sociale serait continue, que leurs enfants vivraient mieux qu'eux grâce à l'éducation, au progrès, au mérite et à ce fameux ascenseur social. Leur moral était de ce fait globalement bon. C'est avec ce capital qu'ils ont abordé, et plutôt bien absorbé, toutes les crises, malgré la violence de certains chocs. Le chômage était difficile à vivre, mais le traitement social le rendait supportable. Les inquiétudes, parfois les angoisses sur l'avenir, la sécurité, le vivre-ensemble (ou parfois le mal à vivre ensemble) étaient surmontés ; sans doute l'impression que l'État-providence serait toujours là, toujours présent, autorisait ce sentiment que les choses restaient sous contrôle, malgré les crises. Les écarts de performance de la nation avec nos voisins européens ou plus lointains, les dettes qui enflaient, les déficits des comptes publics qui explosaient, rien ne semblait vraiment les abattre. Certes, il y avait bien ça et là l'expression de cet esprit râleur, frondeur, indiscipliné... qui faisait souvent reculer les gouvernements devant des réformes évoquées, promises, parfois entamées, et rarement menées à leur terme. Mais, dès le milieu des années 1990, une crainte s'est insinuée dans l'esprit des Français. Et si ce progrès continu s'arrêtait ? Si demain leurs enfants devaient vivre moins bien qu'eux ? De crainte, cette inquiétude s'est muée en angoisse, puis en certitude, et elle est devenue réalité avec la crise économique de 2008 pour au moins une partie de la classe moyenne. Oui, leurs enfants vivraient, et même vivaient déjà, trop souvent, moins bien qu'eux. Le déclassement n'était pas un fantasme, une peur irraisonnée, mais, pour au moins une bonne partie de nos concitoyens, une réalité dure à vivre.

Cette rupture d'une progression continue du pouvoir d'achat, du niveau de vie enregistrée depuis plus de deux siècles (à l'exception des périodes de guerre) a sonné comme un réveil brutal face à une réalité que l'on pouvait anticiper, mais qu'on ne voulait pas voir.

Depuis le début de l'ère industrielle, chaque nouvelle génération avait vu son niveau de vie progresser par rapport à celui des parents : meilleure rémunération, modernisation de l'habitat, plus large accès aux biens de consommation ou d'équipement, à l'hygiène, l'éducation, la culture, les loisirs, les voyages, à la voiture, etc. Et jusqu'au milieu des années 1970 les nouvelles générations avaient peu de souci à se faire pour obtenir un emploi décent, quelles que soient les origines sociales, l'éducation, la formation… C'était la période du boom économique et du quasi plein emploi. Nos fameuses Trente Glorieuses.

Dans la deuxième moitié des années 1970, le chômage croît brutalement sous l'effet du premier choc pétrolier. Les toutes premières décisions gouvernementales n'ont pas été d'appeler à l'effort (les plus anciens se souviennent du contraste des images véhiculées en 1974 : les Hollandais invités à prendre leur vélo pour le weekend, et les Français invités à profiter des balades en voiture...) ou de rechercher de nouvelles sources de création d'emplois. Non. Ce fut d'amortir le choc en indemnisant mieux, plus fortement, plus longuement les chômeurs. Certes, il fallait agir dans ce sens, mais sans doute de façon plus mesurée, et surtout ne pas s'en contenter. Car depuis cette époque, les gouvernements qui se sont succédé ont privilégié pour les uns la répartition du travail et pour tous le traitement social du chômage plutôt que d'affronter le problème en profondeur, en l'occurrence créer des emplois productifs en agissant sur la compétitivité des entreprises, donc le coût du travail ou la taxation de l'outil industriel, ou encore la lourdeur et la rare complexité de la législation sociale.

Certains avaient feint d'oublier que la création d'emplois productifs ne se décrète pas et que seules les entreprises peuvent les créer. En effet, ces emplois non seulement ne pèsent pas sur les finances de la nation, mais, au contraire, contribuent aux grands équilibres des comptes et à un mieux-être social.

De tous bords, les politiques ont refusé l'obstacle. Ils avaient fait la bonne analyse – de cela je n'ai aucun doute –, mais ils ont renoncé à mettre en œuvre les solutions qui en découlaient, soit sous la pression des corporatismes ou syndicats, soit plus simplement pour éviter des troubles sociaux, mais surtout à mon sens pour alléger le fardeau des Français en considérant qu'il fallait les aider, les assister. Cela partait indiscutablement de bons sentiments, or c'était considérer que les Français ne pouvaient se prendre en charge, une façon de les déresponsabiliser.

Au cours des années 1980 et 1990, la situation s'est aggravée et les politiques de réduction du temps de travail sur les horaires hebdomadaires (39 heures, puis 35 heures, sans réduction de salaire) ou encore la baisse de l'âge de la retraite de 65 ans à 60 ans n'ont pas eu l'effet escompté de façon durable. Je ne cherche pas, à travers ces rappels historiques, à blâmer qui que ce soit ou à mettre la responsabilité de la situation actuelle sur ces seules mesures. Non seulement ce serait trop facile, mais probablement faux, car bien d'autres facteurs sont intervenus et ont été mal appréhendés : la mise en œuvre de l'euro ou encore le développement du mouvement de globalisation. Non, il s'agit ici, simplement, de dérouler le film des décisions égrenées pendant des décennies, qui ont probablement eu des effets modérés pour chacune d'entre elles et dont l'accumulation combinée à l'absence de réformes vraies et profondes a conduit à la situation que l'on connait. Le traitement social du chômage s'imposait bien sûr, mais on est en droit de se demander s'il fallait aller aussi loin, aussi longtemps, sans accompagner ces mesures des efforts à mener sur la compétitivité des entreprises face à la montée irrésistible de la mondialisation. Ou sur les compétences à acquérir par une formation plus adaptée au monde qui s'ouvrait. Ou encore favoriser la création d'emplois et la lutte contre la désindustrialisation. Sans parler d'autres politiques à mettre en œuvre dans les domaines de l'incitation au maintien des entreprises industrielles sur le sol national…

Curieusement, le point où les gouvernements successifs se sont régulièrement trompés, c'est sur le niveau d'acceptabilité des Français. Les études l'ont souvent montré : ceux-ci étaient prêts à prendre leur part de responsabilité à l'effort, aux sacrifices. Et ce qu'ils n'ont pas apprécié, mais pas aimé du tout, ce sont ces réformes partielles, incomplètes, à mi-chemin, qui appelaient de nouvelles mesures à intervalles trop fréquents donnant le sentiment de tonneaux des Danaïdes et que les réformes tournaient en boucle. Fatigués. Les Français étaient fatigués de ces mesures incomplètes, imparfaites, qui ramenaient sans cesse les réformes sur le calendrier politique. L'effort, oui, mais une bonne fois pour toutes. Comme on l'a vu en Allemagne, les réformes Schröder ont donné quinze années de prospérité à l'Allemagne de Angela Merkel qui a su les maintenir et rester frugale de dépenses publiques.

De même, la baisse du temps de travail (1998) s'est inscrite dans une dimension historique, surtout quand elle concernait des tâches lourdes, répétitives, difficiles, pénibles. Personne ne pouvait décemment s'y opposer. En revanche, la décréter de façon uniforme et de surcroît en période de crise, c'était la recette parfaite pour alourdir le fardeau des entreprises et obtenir l'effet inverse de celui recherché en pesant encore davantage sur leur compétitivité, et ce au moment même où la Chine et sa main-d'œuvre à bas coût accélérait la conquête des marchés occidentaux.

Les Français qui n'étaient pas demandeurs ne s'y sont pas trompés et ont dû subir une baisse de leur pouvoir d'achat du fait de la modération salariale imposée en contrepartie de la réduction du temps de travail, alors même que la mise en œuvre de l'euro suscita un (léger) effet inflationniste quasi mécanique.

Ainsi, à l'heure où les pays émergents s'armaient sur le plan industriel avec des usines ultra-modernes et compétitives, plus une main-d'œuvre à bas coût, ne fallait-il pas mieux engager des politiques visant à préserver nos industries en améliorant leur compétitivité par la réduction drastique des charges sociales, plutôt qu'accepter la fatalité des fermetures d'usines ? Les chefs d'entreprise ne sont d'ailleurs pas exempts de responsabilité : ils ont participé à l'exode des usines, parfois parce qu'ils n'avaient pas le choix : c'était le prix à payer pour simplement survivre, et d'autres fois pour améliorer leur compétitivité afin de maintenir ou conquérir des parts de marché. Sans parler, bien sûr, d'erreurs stratégiques comme l'idée d'avoir des entreprises industrielles *fabless*, c'est-à-dire sans usine !

Politiques pusillanimes, décisions mettant brutalement, maladroitement, en œuvre des intentions louables, traitement presque exclusivement social des effets des immenses changements économiques... La société française est-elle entrée dans le nouveau millénaire en ordre de bataille ?

Au début de l'année 2000, alors que les inquiétudes (les fantasmes de fin du monde) liées au passage vers le nouveau millénaire avec la menace du fameux bug informatique ou encore du passage à l'euro ont été surmontées, l'entrée dans cette nouvelle ère est tonitruante et d'une violence inouïe. Qu'on en juge : les plus grandes escroqueries des temps modernes que sont les scandales Enron et Madoff (issus de ces années 1990 de l'argent fou), les attentats du 11 septembre 2001, l'éclatement de la bulle internet avec des destructions de valeurs massives.

Cette triple crise (on va parler de *perfect storm*, la tempête parfaite) va conduire à la deuxième guerre du Golfe ou plutôt d'Irak, à une méfiance encore accrue à l'endroit des institutions, des politiques, mais aussi des entreprises, et une exigence de probité, d'éthique de celles-ci et de leurs dirigeants. S'ensuivit une refonte de la gouvernance des grandes entreprises fondée sur une exigence de transparence de plus en plus grande de leurs stratégies, comportements, valeurs, avec la touche finale qu'ont été la publication des rémunérations des dirigeants et l'engagement croissant de la responsabilité des actionnaires.

On ne peut qu'applaudir à ces changements positifs de la gouvernance des entreprises. D'autres interviendront encore et encore.

Voilà comment débute le nouveau siècle, ce début de millénaire qui, bien vite, se fracasse sur la crise des *subprimes* aux États-Unis en 2007-2008, engendrant, là encore, une triple crise : financière, économique et systémique de l'édifice bancaire mondial avec le risque d'emporter de grandes institutions centrales et, en toile de fond, l'euro balloté et qui a failli être jeté par-dessus bord.

Et les Français, que deviennent-ils dans ce maelström d'événements imprévus, voire impensables, et surtout le bouleversement de ces grands équilibres que l'on croyait à tort acquis ? J'ai pensé utile et intéressant de revenir plus près de chez nous, sur la période la plus récente depuis la crise de 2008, révélatrice en France d'une crise plus profonde, celle du pouvoir d'achat. Elle-même porteuse des germes de la crise française aiguë de la deuxième décennie du siècle, dix ans plus tard, celle des Gilets jaunes. Et j'ose prédire une frustration majeure pour les années à venir si rien n'est fait pour prendre leurs besoins en considération.

Je vais donc m'attacher à reprendre les études de cette dernière décennie et faire ressortir les expressions de la classe moyenne. Je l'ai dit, c'est en parlant avec elle que l'on commence à appréhender les prémices de l'émergence du « malaise français ».

Celui-ci casse la dynamique du début de la présidence de Nicolas Sarkozy et marque, pour les plus jeunes d'entre eux, l'entrée à la fois dans la vie active et dans une période de vaches maigres et de difficultés à trouver un emploi. C'est pour eux le début d'un cycle de déceptions et de frustrations. Pour les plus « installés » (ceux ayant déjà dépassé 35 ans à l'époque), la récession suivant le krach de 2008 ne fait qu'accentuer une crise du pouvoir d'achat déjà présente depuis le passage simultané à l'euro et aux 35 heures. Mais pour tous, elle implique la découverte ou la confirmation d'un mode de vie plus restrictif et d'un accès plus difficile à la société de consommation. Une période où commencent à poindre les contraintes et les inquiétudes.

Ce mode de vie restrictif qui s'installe devient une véritable culture de la déflation dans les années suivantes, utilisant tous les outils possibles pour aller vers du « consommer moins » avec l'idée, rarement couronnée de succès, de « consommer mieux ». C'est le *hard discount* et le début du troc, du *vintage* (dont on va vite vérifier le développement considérable) qui prennent le relais de l'abondance des hypermarchés. Le vrai bouleversement qui ne s'est vérifié qu'a posteriori (comme toujours), c'est l'émergence d'une culture de la stabilité, dans laquelle la préservation de l'acquis du pouvoir d'achat tient lieu d'ascension sociale.

Triste constat : pour ces Français ne pas perdre, c'est déjà gagner.

Pour illustrer mon propos, je vais reprendre des verbatim qui me paraissent refléter l'état d'esprit des Français au fil des études.

« … Cela fait neuf ans qu'on travaille tous les deux, ça fait neuf ans qu'on est dans le même poste, ça fait neuf ans qu'on n'a pas été augmentés… »

Ce type de paroles est très représentatif de celles que l'on recensait en 2008.

« … Nous nous privons de beaucoup de choses, les vacances une année sur deux, pas de resto, pas de cinéma. L'essentiel vraiment pour nous, c'est de ne pas avoir de dettes… »

Le salut pouvait-il alors venir de la construction européenne, d'une Europe capable de générer plus de prospérité ? Hélas, non ; à leurs yeux l'Europe est une déception, pas une solution.

En enjambant la crise financière et celle du système bancaire on entre dans la crise économique, et très vite dans celle de l'euro, avec les psychodrames vécus par tous les Européens autour de la Grèce et son maintien dans la zone euro.

Ce qui marque les esprits, c'est une forme de désenchantement, une profonde déception du rêve européen sinon brisé, du moins entamé, une vie contrainte par les restrictions ; la construction européenne, cette utopie des décennies précédentes, ne fait plus rêver. Ce sentiment est perceptible sur les plateformes de débats et d'études animées lors de cette période.

Sur fond de crise économique, morale, se déroule l'élection de François Hollande, qui est très vite apparue aux Français interrogés, et particulièrement à la classe moyenne, comme très décevante. La crise commencée en 2010 en Grèce prend un tour dramatique, fortement perçu par ses ramifications européennes, et se développe en France à partir de 2012-2013, avec un tour de vis fiscal durement ressenti par tous les Français, et en particulier les classes moyennes.

Deux ans plus tard, des études comparatives avec le reste de l'Europe ont clairement montré que la France est alors devenue un « pays du Sud », un de ces « pays du Club Med » (Portugal, Espagne, Italie, Grèce, dont les déficits et les endettements font craindre qu'ils s'écroulent) dont on doute qu'ils aient les capacités de se redresser et qui semblent avoir perdu la maîtrise de leur destin.

Pour notre pays aussi, le déclassement s'annonce comme une douloureuse perspective. Ce qui frappe les esprits à ce moment-là, c'est le jugement des Français appartenant à la classe moyenne, sa lucidité : la France perd du terrain sur plusieurs fronts, le déclassement ne les touche pas uniquement, il touche aussi le pays.

L'ambivalence propre à l'opinion de cette classe moyenne se manifeste : les Français sont plus confiants que les Espagnols ou les Italiens dans les atouts de leur pays, bien que nettement moins que les Britanniques (qui déjà envisagent le Brexit comme une façon de renouer avec la souveraineté, la maîtrise de leur destin, le grand large et l'autonomie), les Polonais qui, partant de loin, sont dans une dynamique extrêmement positive, et surtout les Allemands (pour lesquels mondialisation rime avec réussite industrielle et prospérité). Mais, dans le même élan, les Français montrent une forte inquiétude face à la peur d'un destin à la grecque et une défiance envers les dirigeants et les élites du pays.

Ce n'est pas seulement le gouvernement qui suscite des doutes et de la méfiance. Ce sont toutes les élites, l'ensemble de la classe politique, la plupart des institutions, y compris la justice, mais aussi les médias qui perdent en crédibilité et, bien sûr, les dirigeants d'entreprise qui ont toujours figuré au palmarès des mal-aimés des Français.

Les idées d'extrême droite progressent, s'exprimant de façon populiste et conduisant à ce même rejet des élites. Les germes des discours populistes à la Trump, Johnson, et plus tard Zemmour, se trouvent là, dans ce mélange de crainte de la décadence de la France ravalée au rang de pays du « Club Med », sur fond de crise économique de l'euro et de doute sur les capacités de l'Europe à offrir un projet commun enthousiasmant. En réalité, s'il y a un mot qui a été rayé du dictionnaire durant ces vingt ou trente dernières années, c'est bien le mot enthousiasme.

Le choc de la violence terroriste en 2015 et le mouvement de mobilisation citoyenne de « levée en masse » qui l'a suivi exigeaient une réponse forte des élites, et d'abord des élites politiques. Les Français ont jugé qu'elle n'a pas été au rendez-vous ni à la hauteur du traumatisme.

C'est sur ce fond d'inquiétude et de pessimisme qu'éclate en janvier 2015 la fureur meurtrière des attentats de *Charlie Hebdo* et de l'Hyper Cacher.

La violence, la froide brutalité de ces attentats islamistes font entrer les Français avec lesquels nous parlons à cette époque – bien plus que les attentats de Mohammed Merah en 2012 – dans la crainte d'un terrorisme « systémique » anticipant le massacre du Bataclan.

Dans les conversations menées en mars et avril de cette année, c'est en effet le point saillant : à la prise de conscience jugée salutaire qu'il fallait faire front commun face à la menace (la marche républicaine du 11 janvier étant saluée comme un formidable sursaut collectif) succède très vite une désillusion difficile à vivre. Finalement, les Français inquiets jugent que le pays manque d'un leadership fort, capable de rassembler et de fédérer la collectivité nationale, et chacun revient très vite à un quotidien individualiste.

La glissade économique et sociale qui s'accélère, et la communication gouvernementale sur la prospérité au coin de la rue (les pronostics de baisse du chômage et autres démentis systématiquement par les faits) ne convainc personne et accroît dès lors la défiance. Déjà, certains Français de cette classe moyenne fantasment sur un « coup d'État citoyen » qui mettrait fin à l'immobilisme. Ce sont sans doute les ferments qui donneront naissance au mouvement des Gilets jaunes quelques années plus tard.

Plusieurs semaines après les attentats de *Charlie*, on constate :

« ...Une ambiance très particulière, mélange d'indignation, de colère sourde et de crainte, voire d'impuissance, que beaucoup n'ont pas oubliée, mais la réalité a repris le dessus. Peu importe sa propre histoire personnelle, ses convictions politiques, religieuses, chacun a rendu hommage avec son cœur. Mais force est de constater que rien n'a changé. Les Français sont déçus, appréhendent l'avenir, craignent pour leur emploi et se sentent incompris par le gouvernement... »

À ce moment-là, certains expriment encore plus fortement leur angoisse devant la non-maîtrise de la situation par ceux qui nous gouvernent.

« … La situation de la France actuelle est difficile à définir… Utiliser une image est plus facile : nous sommes sur une planche savonneuse et nous glissons, glissons vers le bas, le fond, et il faudra bien éviter la chute, car nos enfants ne pourront pas s'en sortir. »

Revient ainsi le sentiment que les enfants vivront moins bien, que dis-je, plus mal que leurs parents. Et que les politiques, au fond, ne sont toujours pas à la hauteur. Un constat temporairement démenti quand la violence terroriste se déchaîne, au Bataclan et sur les terrasses, le 13 novembre de la même année – le gouvernement est alors crédité d'une réaction jugée dans l'ensemble à la hauteur… Mais, très vite, des doutes reviennent dans les esprits de tous les participants des deux études que nous avons menées au début de l'année 2016 : en a-t-on fait assez, et assez tôt, pour juguler la menace islamiste ? De surcroît, au-delà de la réaction des autorités politiques, pour ces Français très fortement ébranlés par les attentats, la formule « rien ne sera plus comme avant » est devenue une réalité. Désormais, il faut faire face et apprendre à vivre « sous pression », avec le sentiment que quelque chose – une certaine confiance, évidente, dans un socle de la communauté nationale de valeurs et de croyances – est peut-être perdu.

« On sent comme un malaise en ce début d'année 2016, qu'on peut qualifier d'année « post-attentats de novembre 2015 », qui ont si fortement secoué notre société et remis en cause un certain nombre de valeurs auxquelles nous tenons et que nous pensions, à tort, comme définitivement établies. Notre modèle de société du vivre-ensemble, nos valeurs de tolérance, de liberté, d'égalité, en prennent un sacré coup… »

Les Français sont lucides sur les objectifs de ces attentats et leurs conséquences.

En 2017, un nouveau départ semble promis. L'élection d'Emmanuel Macron est accueillie avec un enthousiasme raisonné et beaucoup d'espoirs.

Sa jeunesse, son refus des partis, la gauche et la droite, le « en même temps », tout cela engendre espoir et fait rêver. Et s'il était vraiment différent ? Oui, la France redevient moderne, entrepreneuse, jeune, volontaire et réformatrice. Une forme de re-start (up !). Un vent frais, des images différentes, un parfum d'optimisme font la une de la presse internationale.

Tout semble là, prêt, pour que le jeune président porte les plus grandes et difficiles réformes, d'autant que les oppositions sont quasi inexistantes. Las, quelques couacs de comportement vont donner du chef de l'État aux Français que nous interrogeons une image distante, de mépris, hautaine, hors-sol, alors que l'essentiel des réformes est encore en chantier. C'est plus une série de grains de sable que de grands faits qui ont préparé le terrain aux Gilets jaunes. De petites phrases en gestes maladroits, les Français ont le sentiment de ne pas être entendus ni même écoutés, pris en considération, se sentent mal aimés et perçoivent une distance, voire une arrogance du président. C'est sans doute injuste et excessif, mais c'est bien la lecture du cœur de la société française. Et ce qui déclenche leur colère, c'est le pouvoir d'achat et la hausse du prix du carburant.

Dans ce contexte, l'irruption des Gilets jaunes est tout le contraire d'une surprise pour ces Français. Ce n'est pas un coup de tonnerre dans un ciel serein, mais bien plutôt un orage qui grondait et menaçait et qui éclate enfin. En d'autres termes, c'est la crise sociale que beaucoup attendaient. C'est presque un soulagement, et cela explique sans doute le soutien populaire dont les Gilets jaunes ont bénéficié au début.

Déjà, depuis 2013, les « posts » (les commentaires des participants) partagés dans nos études anticipant, prévoyant, redoutant ou appelant de leurs vœux une crise sociale d'ampleur, permettant au mécontentement de s'exprimer et de crever l'abcès, étaient devenus légion.

En effet, à cette époque, pour parler des difficultés du pays, ces Français des classes moyennes utilisaient souvent un registre qui préfigurait l'apparition de convulsions sociales :

« La crise n'est pas tout à fait complète. Elle est encore devant nous. De plus, les politiques cachent la vraie vérité. Et je crois que ça va exploser en France et ce sera dramatique. (...) Moi, actuellement, j'économise pour affronter les conséquences de la vraie crise. »

En 2015, la possibilité de cette crise se précise à la fois dans leur discours et dans leur fantasme – prémonitoire ? – de fédération des mécontentements via le web :

« À quand l'émergence d'un nouveau parti « du peuple » né du web ? » (Rappelons que les Gilets jaunes sont « nés » d'une interpellation sur Facebook.)

En 2016, la situation a encore mûri, le discours se fait plus précis : le souhait de voir « quelque chose », un mouvement, une crise provoquant une réaction de sursaut, est clair... Finalement, l'élection d'Emmanuel Macron en 2017 apportant un peu d'air et un répit fut de courte durée. Ce dialogue en témoigne.

« – Les mouvements citoyens peuvent émerger. Ils sont les prémices des révolutions modernes. Mais notre situation en France n'est pas encore suffisamment désespérée pour que de tels mouvements voient le jour.

– Je crois et j'espère qu'un jour ça se fera. Mais on n'est pas encore assez mûrs. Je pense qu'effectivement il faut toucher le fond pour taper du pied. Pour le moment, on n'est pas encore au fond du trou. »

Fin 2018, la surprise est donc finalement réduite : non que ces Français aient majoritairement prévu ce qui allait se passer précisément, mais leur intuition et la logique des événements leur semblent imparables, et le mouvement inexorable.

Depuis des années, ils partagent très majoritairement sur nos plateformes les préoccupations et revendications des Gilets jaunes, même s'ils réprouvent les comportements excessifs et surtout le vandalisme. La plus pressante de leurs demandes ? Être pris en considération. Le respect.

Respect pour ce qu'ils sont et pour leur mode de vie souvent typique de la France périphérique et mis à mal par la taxe carbone et les 80 km/h.

Respect pour leur demande de dignité, en particulier de la part des retraités qui craignent que l'augmentation de la CSG les prive des quelques centaines d'euros par an qui permettent la solidarité intergénérationnelle au sein de leur famille – apporter à un fils au chômage ou en galère, ou à une petite-fille étudiante l'aide temporaire qui fera la différence.

Les résultats obtenus (17 milliards d'euros subitement débloqués) marquent un avant/après en demi-teinte, tout n'étant pas réglé à leurs yeux, loin de là. La société leur est devenue plus dure, trop dure, malgré ce geste. Et surtout, ce sentiment étrange que leur inspire cet État indigent, aux caisses vides, qui, subitement, trouve l'argent nécessaire, même s'il reste insuffisant à leurs yeux. Cette manne soudaine, après des années de discours sur la nécessaire réduction de la dette publique, sème le doute sur la parole des dirigeants. On mesurera plus tard, pendant la crise sanitaire, l'incompréhension et l'incrédulité des Français face à l'État-providence qui débloque des sommes colossales pour le « quoi-qu'il-en-coûte » (incrédulité teintée cependant de reconnaissance devant ces décisions si nécessaires à leur survie économique). Cette ambivalence naturelle est une constante de cette opinion. Ambivalence, ambiguïté, décidément les Français ne sont pas faciles à comprendre et à satisfaire.

Voilà ce qu'ils nous disaient à cette époque :

« … Les Gilets jaunes ? Un mouvement qui a surpris tout le monde, surtout la classe politique qui ne s'attendait sûrement pas à cela. Il fallait bien que cela craque un jour et c'est enfin arrivé. Je soutiens à 100 % ce mouvement qui va nous permettre de nous faire entendre, d'apporter des revendications légitimes, de cesser de nous faire taxer toujours et encore plus… de ne pas être compris et respectés… »

Le système économique mal aimé, mal compris, n'est pas épargné.

« … De toute façon, sociétés, banques, entreprises, toutes pensent à faire du profit (…). Et avec la vie actuelle, il faut des perdants, et c'est nous. »

Puisqu'on est dans le « en même temps », les Français qui approuvent très largement la fronde des Gilets jaunes, leur apportant soutien moral et parfois plus, rejettent aussi violemment les Black Blocs et sont stupéfaits par les saccages des centres-villes, à Paris en particulier à l'Arc de Triomphe et sur les

Champs-Élysées. À ce moment, ils ont le sentiment que l'État ne tient pas la barre, que le gouvernement est impuissant à maîtriser le mouvement.

La violence, la lassitude, le rejet des extrêmes et en particulier des Black Blocs ont eu raison du mouvement qui s'est progressivement délité avant de se dissoudre largement à l'arrivée de la pandémie, en 2020.

La crise du coronavirus : des héros, des zéros. Les héros : les soignants qu'on applaudit à 20 heures. Les zéros : notre capacité industrielle atrophiée, notre système de santé soudain mis à nu, l'État tatillon et impuissant.

La crise sanitaire sera un terrible révélateur et le plus violent de tous, parce que le plus imprévisible de toutes nos difficultés : la mise en évidence de nos problèmes industriels mais aussi sociaux et politiques, au sens le plus noble du terme.

Cette crise sanitaire fait éclater de nouveaux tabous, promeut de nouveaux héros, mais interroge aussi sur notre capacité à résister ensemble à l'adversité. Elle inquiète quant à notre impréparation à aller à la « guerre » (rappelons que le président avait comparé la pandémie à une guerre qu'il nous fallait gagner « quoi qu'il en coûte »).

Bien que différente des précédentes cette crise est elle aussi, curieusement, de triple dimension : sanitaire, économique et sociale. De plus, elle est particulièrement traumatisante : elle fait éprouver la peur de façon très concrète et durement ressentie, elle comporte sa part de tragédie en confrontant tout le corps social à la maladie, à la souffrance et parfois à la mort. C'est la santé de ses proches qui est en cause, avec ces nouveaux indicateurs « météo » que sont les chiffres égrenés tous les soirs du nombre de contaminations, hospitalisations, réanimations, décès. Avec les images traumatisantes de ces grandes villes chinoises mises à l'arrêt, puis, plus près de nous, de l'Italie, en particulier la Lombardie et ses cortèges de cercueils, puis, soudainement, là, chez nous, les hôpitaux débordés, les morgues installées en périphérie, les hôpitaux de campagnes construits à la va-vite par l'armée, sans oublier les transferts de malades de l'Alsace vers l'Allemagne…

En définitive, cette crise sanitaire, quand ces Français nous en parlaient avec un an de recul, apparaît comme un révélateur du déclassement français. Un déclassement perçu de façon vive, vexante, humiliante, comme un recul à la fois personnel, collectif, industriel, avec les pénuries qui ont marqué cette période (où sont les masques ? les respirateurs ? les lits d'hôpitaux ? nos industries chimiques, pharmaceutiques ?) comme une blessure nationale.

La parole des politiques est mise en doute et le fantasme du « on ne nous dit pas tout » s'installe. Difficulté pour les politiques d'expliquer « ce qu'ils ne savent pas » d'où des revirements ou hésitations mal compris des citoyens. À titre individuel, la crise provoque une angoisse pour l'avenir, avec une proportion croissante de participants à nos plateformes « empêchés » de travailler et devenant au fil des mois très dépendants de l'État.

À titre collectif, c'est la peur réactivée de voir le tissu social se déchirer, avec d'un côté les préservés, les « essentiels », et de l'autre les « non-essentiels », traduits par les classes moyennes par les « laissés-pour-compte ». Et, au sein même de ces classes moyennes, d'un côté, les « abrités » (salariés du public, des grandes entreprises) et de l'autre, les « hyper-exposés » (indépendants, salariés précaires).

C'est aussi le signe – à l'instar de ce qui s'est passé après *Charlie*, ou plus tard au Bataclan – d'une grande difficulté non seulement à faire confiance à l'État (dont on peut pourtant totalement dépendre), mais aussi à faire confiance aux autres dans la durée.

Ce qu'ils nous disent :

« … J'ai suivi la façon dont mes enfants ont vécu et vivent encore, professionnellement, cette période. Pour l'une, cadre de la fonction publique territoriale, pas de problème particulier, si ce n'est une longue période de télétravail qui, au bout de quelques mois, a entraîné une certaine démotivation par manque de contact direct avec ses collègues, ses supérieurs et ses collaborateurs. Pour l'autre, cela a été trois mois de chômage partiel, puis un licenciement sec quelques jours après le déconfinement… »

Ou encore :

« … Au travers de mon travail (boulanger en zone rurale), je m'aperçois que le Covid et tout son lot de bonnes résolutions (solidarité, consommer autrement et local…) est déjà loin. Ne resteront que les dégâts économiques (fermetures d'entreprises, chômage). Peut-être suis-je trop pessimiste, mais je ne vois plus aucune des bonnes actions tenues pendant le Covid parmi mes clients. (...) Ceux qui ont lancé un potager, une entraide entre voisins pour de menus travaux par exemple, ça a marché pendant le confinement et puis, pschitt..., c'est terminé... »

Les décisions de précaution et règlementation sont vécues comme une infantilisation et accentuation de la fracture sociale et économique entre ceux qui sont protégés et les autres. La classification entre essentiel et non essentiel est perçue comme une vexation, voire une humiliation par certains.

Cette crise est révélatrice de ce qui est ressenti, peut-être injustement mais fortement, comme une sorte d'impuissance envahissante de l'État, machine administrative s'emballant, partout présente, compliquant tout, mais qui se montre incapable de prendre en charge le problème et les rebonds à répétition de la pandémie de façon simple et efficace.

« Je trouve cette définition discriminante entre les petits commerces et les mastodontes qui peuvent trouver des solutions de contournement telles que le *Click&Collect*, vente sur le web. »

« Cette classification entre “essentiel” et “non essentiel” est symptomatique d’une “déresponsabilisation” par nos États et nos gouvernants (…). Cette façon d’infantiliser la société et un peuple par des réglementations sur tout et rien à la fois conduit à accentuer chaque jour la fracture sociale, économique et environnementale. Nous en sommes réduits à décider par exemple qu’un sapin de Noël devient, par décret, un “élément essentiel” qui pourra être vendu par les fleuristes dès le prochain week-end. »

Cette façon de séparer les Français, qui était déjà perçue comme un risque lors du deuxième confinement (fin octobre 2020), et cet emballement administratif ressenti, préfigurent la perception et les polémiques actuelles sur le Pass sanitaire puis vaccinal, ou sur les protocoles à appliquer en milieu scolaire. De la même façon, les réactions très positives, consensuelles, et en même temps prudentes, à la perspective d’un vaccin, en novembre 2020, préfiguraient de façon étonnante ce qui se passe aujourd'hui – une vaccination massive et un doute persistant sur la sortie de crise… Tout n'est pas noir, mais on est bien dans une guerre d'usure, où les nerfs lâchent parfois et où la fatigue s'empare de cette majorité silencieuse.

Dès le début de la crise, l'État, conscient des difficultés, prend des mesures : le « quoi-qu'il-en-coûte », afin de permettre aux Français de traverser cette crise le moins durement possible : le chômage partiel et les prêts garantis par l'État ont été largement plébiscités et bien perçus par tous (les mesures économiques de soutien à l'emploi, à la poursuite de l'activité au travers des prêts garantis par l'État ou du chômage partiel ont été reconnues comme étant les plus fortes possibles et remarquablement bien exécutées), même si l'argent miracle a laissé tout le monde sceptique ou interdit. Une fois de plus, une ambivalence semble être l'épine dorsale de cette opinion publique, de cette classe moyenne.

Presque deux ans après le début de la pandémie, qui a parfois bouleversé leur vie, le diagnostic des classes moyennes sur la société française ne s'est pas adouci. Bien au contraire, il est toujours plus critique, parfois acerbe, parfois désabusé, le plus souvent inquiet. Toujours argumenté.

En mai 2021, les Français des classes moyennes que nous avons rassemblés sur notre plateforme articulent leur vision autour de quatre points majeurs. À sa manière, chacun décrit le désordre régnant dans la société française.

C'est d'abord l'inquiétude, la colère devant la montée des violences. Tout peut arriver, rien ne change – et c'est intolérable.

C'est le premier point et le plus différenciant par rapport aux études que nous avons pu mener en 2020 pendant les confinements, où certaines tensions liées au non-respect des mesures barrières étaient apparues, et lors des déconfinements où la vie « normale » reprenait.

Les événements violents et dramatiques, telle la décapitation de Samuel Paty à la sortie de son lycée, provoquent bien sûr un énorme choc. C'est un « effet d'actualité » qui est en soi un « biais d'étude » ; mais, au-delà de ce biais inévitable, on perçoit clairement que c'est le niveau général de la violence dans la société française qui est en cause. Cette violence semble devenir subitement insupportable, comme dans un processus de passage à la limite, du reste plus largement lié – aux yeux des panels participant à nos études – à la délinquance ordinaire, quotidienne qu'au terrorisme islamiste.

On retrouve des posts du type de ceux qu'on pouvait lire en 2011-2012, à la fin de la présidence Sarkozy, comme si cette thématique était réactivée, avec une dimension négative supplémentaire : le sentiment que rien ne change. Pire, le sentiment d'un appareil d'État laxiste, voire démissionnaire, et d'une justice incompétente ou indifférente aux victimes s'exprime majoritairement. La tension est palpable face à une situation installée pour eux depuis trop longtemps, comme le montrent ces posts, très proches sur le fond, alors que dix ans les séparent.

En mai 2011, on nous disait :

« … Hier, une voisine s'est rendue au commissariat pour qu'on lui rende sa voiture explosée : le voleur, en tentant d'échapper à la police, s'est accidenté. Il sortait de prison. Multirécidiviste, il est convoqué au tribunal en … juin ! Et ma voisine à qui on a refusé la CMU la semaine dernière, qui va l'aider ? Pendant que lui est dehors à fêter à 19 ans sa vie libre ? Il n'a jamais travaillé. Alors moi, je n'ai pas envie de payer des impôts pour ce type et qu'il rejette mon pays car ses origines ne sont pas les miennes… »

Mai 2021, certains vont encore plus loin :

« Ce mal-être continuera jusqu'à une guerre civile…. Le ras-le-bol est comme le Covid, il se propage lentement mais sûrement. Pas assez de justice, pas assez de flics dans la rue, l'insécurité est partout… »

« … Je pense que l'insécurité gagne chaque jour du terrain avec plein d'incivilités, les parents lâchent prise, c'est pour cela que la lettre des généraux connaît un succès auprès des Français, 74 %, de quoi réfléchir… »

Ces inquiétudes, cette révolte intérieure de certains sont d'autant plus fortes que ceux qui les vivent ont l'impression de ne pas être entendus. Comme si un sujet, pourtant central et vital pour ceux qui sont exposés directement aux risques de la délinquance de rue, restait secondaire au plus haut niveau de l'État. Comme si celui-ci était aussi pris en otage dans des débats politiques et médiatiques qui l'enferment dans des formules toutes faites : « ensauvagement », « nouveaux barbares » – qui ne sont pratiquement jamais reprises sur nos plateformes.

Les mots que les Français n'utilisent pas ou très peu sont parfois aussi importants que ceux qu'ils utilisent. Ceux dont ils usent sont beaucoup plus simples, factuels, bien que tout aussi durs. Ils restent le plus souvent dans le rationnel, la description, parfois clinique, d'une réalité à la fois évidente à leurs yeux et étrangement négligée. Ces posts, datant de 2015, sont assez proches de ceux que nous avons pu lire en 2021…

« Sur fond de crise économique, c'est l'engrenage. L'insécurité, les sans-papiers, les voyous, l'échec scolaire, le chômage, les populations péri-urbaines délaissées. »

C'est ensuite l'interrogation grandissante sur le rôle de l'État-providence. L'État-recours devient État-nourricier – et c'est insoutenable.

Face à la pandémie qui avance, les décisions de restrictions sont imposées, accompagnées d'un soutien financier de l'État. Le quoi-qu'il-en-coûte est accueilli très positivement, mais il également porteur de divisions et d'incrédulité : « Alors quoi ? On peut soudainement signer tous ces chèques ? »

Les Français rassemblés en 2021 font la part des choses entre ce qui est nécessaire (l'État dans son rôle de « frein d'urgence » à la crise économique pour préserver l'avenir et protéger les plus fragiles) et ce qui relève de dysfonctionnements structurels, aujourd'hui exacerbés (redistribuer sans discernement et sans contrôle). Ils demeurent attachés à un modèle français qui, dans ses principes, reste bon et même irremplaçable à leurs yeux, dont ils sont conscients qu'il rend la vie en France beaucoup plus facile, protégée et agréable que n'importe où ailleurs. Mais ils sont aussi très conscients qu'il est peu soutenable et s'inquiètent de savoir qui va payer. Leur réponse prend la forme d'une inquiétude : « Nos enfants ? »

« … Nous sommes très gâtés avec notre système de protection sociale. On peut néanmoins se poser des questions sur sa pérennité par les temps qui courent. L'État-providence ! Il faut être lucide, cela ne pourra pas durer. Il faudrait faire des réformes, mieux contrôler la redistribution des largesses de l'État. Et qui va payer ? … »

« … L'État a répondu présent, très vite, aux premières heures du confinement et des fermetures de commerces à cause de la Covid, et c'est ce qu'il fallait faire. Bravo ! Le social est clairement une chance pour les Français, cela doit être conservé, mais par contre, c'est la mise en œuvre sans discernement qui pose problème … »

Au moment où l'État est plus que jamais engagé dans sa démarche du « quoi-qu'il-en-coûte », les thématiques de l'assistanat, de la dépense hors de contrôle et de la mauvaise allocation de ressources resurgissent avec force. Et le sentiment dominant : la France, au-delà de la crise actuelle, est plus que jamais coupée en deux, entre les « Droits », à qui on donne sans rien demander, et les « Devoirs », à qui on demande toujours plus en donnant toujours moins. Un modèle, qui finit, aux yeux des classes moyennes, par aggraver les fractures entre ceux qui bénéficient du système (crise ou pas) et ceux qui le financent, modèle qui crée de nouvelles classes : ceux qui sont « éligibles », sur des critères d'« essentialité », peu clairs, et les autres.

Le sentiment diffus que le pouvoir « achète la paix sociale », voire l'élection à venir, entraîne des doutes sur la notion même d'équité, pour ne pas parler du thème cher aux Français : l'égalité. Des voix s'élèvent contre ce qu'ils considèrent comme une injustice :

« Alors qu'on nous annonce la fin de l'État-providence, à chaque problème une solution *ad hoc*, une aide sociale, un chèque provoquant des sentiments croissants d'inégalité, d'injustice… La pandémie a exacerbé une forme de séparatisme, ceux qui ont droit *versus* ceux qui n'ont pas le droit, ceux qui sont essentiels ou non. Des appellations terribles, des commerces qui ne se relèveront pas. (…) Il faudrait penser à la classe moyenne qui se lève, bosse, prend des risques, qui a souffert, vécu des privations, a eu peur, mais a continué à œuvrer, sans prime, sans reconnaissance … »

En troisième lieu, c'est un regard critique sur l'action de l'État, stratège dans la durée. À leur yeux, l'État détruit de la valeur.

Alors que l'intention de l'exécutif est de venir en aide, d'alléger le fardeau, le geste est mal compris et certains soutiennent que « le mal-être bien perceptible des Français provient des années 1980, où l'on a dit aux gens, vous avez des droits, sans leur parler des devoirs indispensables et nécessaires pour une vie en société… »

Le débat est vif, conduisant à tout remettre en cause, voire à jeter le bébé avec l'eau du bain.

En fait, l'État est même devenu destructeur de valeurs pour certains citoyens. Une idée émerge fortement dans la conversation :

« L'État coûte cher, beaucoup trop cher. En plus, quand c'est pour prendre de mauvaises décisions et mal dépenser ces sommes considérables... »

Trois domaines sont abondamment cités sur ce point : l'éducation, la santé, la politique industrielle.

L'éducation : les mots sont très durs, la faillite est actée, l'école a perdu sa valeur cardinale : enseigner. Cette faillite est particulièrement grave pour ces classes moyennes qui comptent sur l'éducation, la formation pour progresser, eux et leurs enfants. La méritocratie à la française leur parle, ils savent que c'est par l'enseignement qu'ils progresseront et que leurs enfants vivront mieux qu'eux. Contrairement à ce que certains pourraient penser, l'éducation est prise très au sérieux et compte parmi les choses les plus importantes pour ces Français interrogés. Les efforts sur l'école primaire, les savoirs fondamentaux ne sont pas perçus par tous, mais lorsqu'ils le sont, ils sont appréciés : les Français savent que la refondation passe par là. Apprendre correctement les bases : écrire, lire et compter leur semble une nécessité impérieuse.

Vient ensuite le jugement sur *la santé*.

La pandémie a démontré les faiblesses de notre système de soins, pourtant présenté comme très performant (… « le meilleur du monde » selon certains experts, avant que la pandémie révèle ses béances …), et son manque paradoxal de moyens d'action : la thématique des mauvaises décisions prises pour l'hôpital revient souvent. La comparaison avec l'Allemagne est reprise dans toutes les conversations, et le jugement est cruel, sans appel : nous dépensons autant que l'Allemagne pour des résultats bien moindres, voire mauvais.

« Si on s'en sort, ce n'est pas à l'État qu'on le doit, mais aux nouveaux héros, les soignants, dont le dévouement force l'admiration. »

Le sentiment que l'argent existe est partagé par la majorité des intervenants, tout autant que celui-ci est mal géré, mal attribué. Le poids de la bureaucratie, de la complexité ressort largement.

Les jugements sont durs, parfois extrêmes, mais ils disent l'immense malaise :

« … L'école n'éduque plus, n'instruit même plus, elle n'apprend plus à lire, à écrire, à compter, à réfléchir à un nombre de plus en plus grand d'enfants... on supprime les apprentissages un peu complexes... on traduit Molière pour qu'il soit compris..., etc. »

Le diagnostic est tout aussi sévère sur la santé :

« ... Malgré la bonne volonté des soignants, l'hôpital ne soigne plus ... »

Pour certains, « c'est le cœur du mal-être, quand la majorité silencieuse travaille et paye énormément d'impôts pour des services publics délabrés, (...) la France est un État riche, mais pour qui ? »

La politique industrielle enfin : là aussi la pandémie a fait ressortir les erreurs commises depuis très longtemps, les mauvais choix fiscaux et de politique des gouvernements, mais aussi des entreprises et de leurs dirigeants ont conduit à la dépendance vis-à-vis de la Chine, l'Inde et d'autres pays émergents. Mais surtout, la pandémie a mis en lumière la destruction massive de compétences et de l'appareil de production.

Pour la classe ouvrière, la désindustrialisation n'est pas un concept, mais une réalité vécue avec douleur.

« Les années 1980 ont marqué le début de la fin de l'industrie française nous donnant l'impression de devenir inutiles. »

Les ouvriers vivent très mal ce constat. C'est la fierté du travail et de leur rôle dans la société qui sont soudain annihilés.

Les classes moyennes portent un jugement désabusé sur l'action de l'exécutif qu'il soit de gauche ou de droite.

« Malheureusement, dans tous les domaines et depuis longtemps, l'État fonctionne comme une girouette : des audits, des commissions, des projets, des idées à la mode…, et ça part dans tous les sens, en construisant et déconstruisant au fil des gouvernements. Pas de continuité, pas de réelle persévérance et un bilan bien maigre au final… »

Enfin, dernier point : la méfiance et l'agressivité vis-à-vis des médias et du web. La confusion et le clash règnent.

Si les gouvernements, les élites ou les chefs d'entreprise font l'objet d'un jugement sévère, celui qui est appliqué aux médias l'est tout autant, sinon plus. Notamment sur les chaînes d'information en continu où le jugement des Français moyens est très critique, et souvent même virulent. C'est nouveau par rapport aux études que nous avons menées pendant les confinements.

Tout se passe comme si, depuis le début de cette crise, on était passé de l'« infobésité » à l'« infoverdose », l'excès des tables rondes, panels, où des chroniqueurs sont appelés à longueur de journée à donner leur avis sur tout et rien, dépasse pour eux la limite du supportable.

Pour une minorité audible des participants, cette impression se teinte d'une coloration complotiste : les informations stressantes sur l'état sanitaire du pays deviendraient des moyens de contrôler la population en la maintenant sous pression. Ce regard est encore plus critique à l'égard des réseaux sociaux, accusés d'ajouter à la confusion et de participer à la « conflictualisation » de la société.

« Le mal-être est réel et le fruit d'une évolution de la société depuis une trentaine d'années. Je pense qu'il est exacerbé par les médias, notamment les chaînes d'info en continu. Une information en chasse une autre, mais à chaque fois on frise l'"hystérie" informationnelle où chacun donne son avis plus ou moins argumenté et plus ou moins fondé. Le spectateur est pris dans un tourbillon d'images et de commentaires répétitifs : peut-il encore exercer son sens critique, ce qu'une information bien faite devrait l'aider à faire ? »

Revient une interrogation sur les chroniqueurs « experts » :

« Mais qui sont ces experts qui parlent si savamment et de façon péremptoire, définitive, un jour de santé et le lendemain de sécurité ? »

« La situation en France est inquiétante (...). Pour moi, ce mal-être existe depuis le début du millénaire. La technologie a permis à chaque citoyen de se renseigner sur tous les sujets... et en "dévoilant" des informations partielles, diffusant des thèses complotistes, les réseaux sociaux exacerbent la situation, créent le doute et entament la crédibilité des institutions, des gouvernements. Les médias ont leur rôle dans ce mal-être, car ils ne sont plus neutres, biaisent, incitent à prendre parti pour la position qui les arrange… »

On ne peut plus se le cacher – et d'ailleurs pourquoi le faudrait-il ? –, le malaise français est profond et, à sa façon insidieuse, destructeur. Car il met à mal la confiance sans laquelle une société ne peut avancer. Il a des causes éthiques – partage-t-on encore les mêmes valeurs ? Et structurelles – est-ce que l'État sera capable, un jour, de changer, comme les Français ont le sentiment de le faire tous les jours ?

En mettant en perspective les conversations menées au long cours avec les Français des classes moyennes que nous interrogeons depuis 2007 et les dernières études menées en 2020 et 2021, deux éléments d'explication de ce que représente pour eux ce malaise français se font jour. Ceux-ci débouchent sur un état d'esprit marqué par le repli, mais aussi une résilience étonnante lorsqu'on considère les crises affrontées par les Français durant ces vingt dernières années.

Premier élément d'explication, perceptible autant en historique que dans nos dernières études : le clash de valeurs entre ces Français des classes moyennes, qui se vivent un peu comme les derniers des Mohicans, et le reste de la société. Au-delà de la thématique de l'assistanat, déjà évoquée, ou de celle rebattue de la pseudo-compétence ou honnêteté des élites, ce qu'ils expriment, c'est le sentiment d'une incompréhension entre deux France de plus en plus étrangères l'une à l'autre.

D'un côté, la leur : elle ressemble à « la France qui se lève tôt », promue par Nicolas Sarkozy. Elle met au-dessus de tout des valeurs simples, toujours les mêmes, puisqu'on les retrouve citées ou en filigrane dans l'instantané 2021 comme dans toutes nos études depuis 2007 : travail, mérite, responsabilité, autonomie, équilibre des droits et des devoirs, sécurité, ordre, autorité. L'aspiration des Français que nous interrogeons devrait à leur sens être le mot d'ordre des élites dirigeantes : préserver ou restaurer ces valeurs. Et ce afin de garantir de vivre dans un pays d'ordre, calme, dans lequel on puisse évoluer en sécurité, où l'on ait la maîtrise relative de sa vie par son travail et une possibilité même modeste d'ascension sociale, ou à tout le moins de stabilité pour soi et ses enfants.

Dans notre étude de 2018, on entendait ceci :

« Souvent je me dis qu'on m'a enseigné pendant des années des valeurs qui n'ont plus cours aujourd'hui : le travail, le mérite, la politesse, l'orthographe, la grammaire, la bienveillance... J'en viens à penser que je n'ai pas appris les bonnes choses pour me battre de nos jours... »

En mai 2021, la tonalité n'est pas très différente :

« ...Cessons de nous plaindre, éduquons correctement nos enfants. Apprenons-leur leurs droits, mais aussi leurs devoirs, et ils pourront ainsi créer un meilleur avenir. »

Et puis, pour eux, il y a la France de ceux qui sont « en dessous » (les assistés), et ceux « au-dessus » (les élites), qui paraissent tous deux réunis contre eux, Français du « milieu », dans une alliance mortifère de leur point de vue. Ils sont sévères à l'endroit de toute une partie de la population qui n'est pas selon eux intéressée par les valeurs en question, et qui n'adhère pas au modèle selon lequel tout travail mérite salaire, ni à celui dans lequel on est réellement responsable de ses actes et où l'on essaie d'être maître de sa vie. « Ils » organisent ou profitent de « l'assistanat ». « Ils » sont indifférents à la notion d'autorité et se satisfont d'une société en profond désordre, que cela soit sur le plan économique, social ou sécuritaire. Et, pour certains, « ils » veulent nous imposer un modèle contraire à notre histoire, notre culture. Les classes moyennes qui croient encore à ces valeurs en ressentent une grande frustration et ont le sentiment d'assister, impuissantes, à la construction, depuis trente ou quarante ans, d'un modèle de société qui les ignore et les isole. Ils envient certaines grandes démocraties voisines d'avoir des dirigeants qui, eux, partagent la vision du monde de leurs concitoyens, en tout cas du « cœur » de la société.

La critique est dure, presque personnelle.

« … L'État devrait avant toute chose montrer l'exemple, en réduisant son train de vie et ses dépenses, ce qui n'est pas le cas, cela réduirait considérablement la dette et rendrait la confiance aux Français. Regardons pour l'exemple le comportement de Mme Merkel qui vit, malgré ses lourdes responsabilités, comme une citoyenne ordinaire et, bien plus tôt, Jean Chrétien qui, lui aussi, quand il était Premier ministre au Canada dans les années 1990 a eu un comportement similaire et a su rétablir les finances publiques. Ce sont des personnes respectées, qui ont la confiance de leurs concitoyens, la preuve est là. En Allemagne, depuis 2005, Mme Merkel a été réélue comme chancelière à chaque élection. Et la situation économique et sociale dans ce pays est de très loin meilleure que celle de la France. Montrer l'exemple permettrait de réconcilier les Français entre eux. »

Cette dimension du malaise exprimé est éthique, culturelle, avant même d'être économique ou sociale. Elle engage à leurs yeux l'avenir en ce qu'elle induit un doute sur la possibilité même de continuer ensemble si le socle de la société n'est plus partagé. En ce sens, elle porte une dimension existentielle. Voilà sans doute un des thèmes les plus forts de cet immense chœur parlé. Leur réflexion part du plus proche, du quotidien. Ces Français s'indignent de leur situation et étendent au pays entier la moralité de la fable. C'est attendu. Mais il est faux de dire qu'ils se sont repliés sur eux-mêmes, qu'ils se referment sur leur égoïsme et oublient la France. Nos concitoyens sont hantés par le devenir de leur pays incarné dans celui de leurs enfants. L'inquiétude pour notre avenir ne se trompe pas, elle va à l'essentiel, faisant sans cesse l'aller-retour entre les exemples concrets et leur signification pour la cohérence de notre société et le fonctionnement de notre démocratie.

« … De ma fenêtre, je suis également très pessimiste concernant le futur de la France, on dirait qu'il y a deux France complètement opposées qui vivent dans le même pays avec, par-dessus ça, un vrai problème politique qui ne fait que s'aggraver. (…) Ce qui contribue à ce mal-être c'est la corruption des élites et leur malhonnêteté, les différences sociales entre les gens et les inégalités grandissantes, le terrorisme et la violence ambiante, les incivilités permanentes et une justice trop laxiste, une immigration largement incontrôlée et injustifiée, un manque de civisme chez beaucoup de gens… »

Sans doute une expression excessive d'un ras-le-bol largement partagé dans la vague d'études de mai 2021. Mais on aurait sans doute tort de se dire que lorsque des Français parlent ainsi, « l'excessif est insignifiant ». Car ce qui frappe, au fond, à l'écoute de ces Français des classes moyennes, c'est, au-delà de certaines expressions virulentes, la tonalité assez modérée, presque rationnelle. Sur l'immigration également, les mots qui ne sont pas employés sont aussi importants que ceux qui le sont : très peu de posts ciblant explicitement « les immigrés », « les étrangers ».

Pas du tout de posts évoquant explicitement et péjorativement une race, une couleur de peau, une religion, une origine ethnique – ce qui est en soi un fait notable sur une si longue période et compte tenu des sujets abordés et du climat régnant dans le pays, les médias ou les réseaux sociaux. On peut se demander si c'est la forme écrite des échanges qui conduit les participants à se retenir ou tout simplement une grande acceptation de l'autre. Mais, en contre-point, on observe de nombreux posts sur l'immigration comme phénomène social, économique, politique. Ce phénomène est du reste le plus souvent encapsulé parmi bien d'autres problèmes à résoudre, défis à relever, dysfonctionnements collectifs. Les mots peuvent être durs là aussi, mais la sévérité parfois extrême du ton s'adresse en fait à l'État et aux responsables politiques, qui ne savent pas (ne veulent pas ?) gérer les phénomènes migratoires, bien plus qu'aux populations elles-mêmes.

« La France change, oui il y a un brassage ethnique, oui nos mentalités changent. Évidemment qu'il ne faut pas se laisser imposer des modes de vie, des religions. Mais ça a toujours été comme ça. Nous avons une culture laïque, à ne jamais confondre avec athée, nous tolérons tout culte, mais n'en laissons aucun dicter nos institutions et nos vies. »

Ils sont lucides et attendent que l'État gère ce phénomène qui les inquiète.

Deuxième élément d'explication, lui aussi de plus en plus perceptible à l'analyse, à mesure que le temps passe : le clash entre les Français et l'État, dans l'adaptation non pas à la crise actuelle mais aux évolutions au long cours de la société et du monde.

En effet, la crise du coronavirus donne une acuité toute particulière aux problématiques environnementales et climatiques. Pour ces Français des classes moyennes, la question écologique est tout sauf nouvelle ou réservée aux Millennials. Certains seniors rappellent avec un peu de malice qu'eux-mêmes ont des pratiques écoresponsables depuis longtemps, puisqu'ils ont été sensibilisés à l'écologie à l'école primaire, à l'époque de leur enfance et des conférences de René Dumont :

« J'ai 59 ans, et à l'école, en CM2, notre institutrice nous parlait déjà de l'environnement. »

« J'ai toujours trié les déchets, fait attention de ne rien gaspiller, surveillé les consommations d'eau, d'électricité, de chauffage. Consommé peu mais mieux, local dans la mesure du possible, et ce depuis mon enfance ! J'ai 72 ans, et j'ai transmis ces pratiques à mes enfants et maintenant à mes petits-enfants. »

Mais ce qui était déjà très important provoque désormais un stress encore plus intense. La question écologique prend avec la crise du coronavirus un caractère à la fois d'urgence et de proximité qui la rend pressante. Le dérèglement de la nature, qu'il s'incarne dans le réchauffement climatique, la pollution de l'air et des océans ou une pandémie arrivant de nulle part parce que l'homme a été en contact avec un virus inconnu, n'est plus une éventualité lointaine dans le temps et l'espace. C'est tout de suite et chez nous, ce ne sont plus « les générations futures », mais nos propres enfants. Et c'est effrayant.

« J'espère qu'il n'est pas trop tard pour notre avenir et celui de nos enfants. Comment est-ce qu'ils vont vivre ? Quels sont les défis auxquels les futures générations doivent s'attendre ? À quelles adversités devront-elles faire face ? »

Face au risque environnemental, que faire ? Déjà, à chacun sa part de colibri. De façon décidée, mais pas dogmatique. C'est une action pragmatique qu'ils prônent, à leur niveau, avec leurs forces : ce n'est pas facile d'être 100 % écoresponsable quand on a un pouvoir d'achat contraint, mais on peut essayer dans la mesure de ses moyens en jardinant, en adaptant son mode de vie. En suivant une philosophie de vie qui n'est pas dépourvue d'hédonisme aussi, même sur une question qui appelle à des changements de comportement.

« Je protège l'environnement du mieux que je peux faire à mon échelle, mais je ne soutiens pas l'écologie punitive, ni les écologistes qui font de la politique et qui se comportent plus comme des ayatollahs et qui veulent tout taxer, ou interdire l'accès aux grandes villes, comme Lyon entre autres. Je pense que les bons comportements sont une affaire d'éducation, c'est ce que j'essaye d'inculquer à mes enfants. »

Agir, c'est aussi demander aux grands acteurs de faire leur part, qui elle n'est pas une part de colibri. Il s'agit des entreprises, avec leur puissance, leurs moyens importants, mais aussi l'attention dont on attend qu'elles fassent preuve à l'égard des plus petits du tissu économique et social local.

« Pour moi, les entreprises qui m'inspirent confiance, pour avancer au sujet de l'environnement, sont les entreprises qui se développent au niveau local (qui évitent de polluer avec beaucoup de frais de transport), ce sont celles qui proposent des matières recyclées ou recyclables, ce sont celles qui proposent des produits en vrac ou avec des contenants en verre. »

Les grandes entreprises ne doivent pas se tromper : elles sont attendues sur ces grandes questions. L'exigence d'un comportement exemplaire et responsable est forte. Soulignons au passage qu'il s'agit là d'une attente très partagée dans le monde occidental.

Comme on le voit, rien n'échappe aux Français, ni les grandes causes, ni leurs petits problèmes quotidiens. Avec à leurs yeux, là aussi, des acteurs qui cohabitent, mais semblent vivre dans deux temporalités différentes et avec des objectifs souvent divergents, sans cohérence avec les problèmes que la société française a le sentiment de connaître.

C'est le tempo des classes moyennes, qui, selon elles, s'adaptent bon gré mal gré, mais à grande vitesse, en développant réactivité et créativité pour faire au mieux. L'adaptation, c'est, bien sûr, pendant la dernière crise, passer au *Click&Collect* pour les petits commerçants, les nouveaux usages du Web pour consommer, se distraire, travailler ou communiquer en tant que salariés, parents, voire grands-parents. Mais c'est surtout, depuis plus de dix ans, l'adoption d'un mode de vie plus économe et d'une multitude d'outils numériques : applis de toutes sortes, nouveaux acteurs marchands, sites d'entraide ou d'échange, sans parler de la numérisation des relations avec les institutions bancaires ou publiques. L'adoption d'une multitude d'outils ou de pratiques quotidiennes que nous avons vu apparaître dans les conversations et se pérenniser jusqu'à devenir de nouvelles normes. Un nouveau rapport à l'alimentation (achats en quantité ou directement au producteur, diffusion du flexitarisme, multiplication des jardins potagers, pratiques énergétiques économes, intégration des comparateurs de prix, puis de Yuka, puis de TooGoodToGo, etc.). Un nouveau lien aux services à abonnement et aux services bancassurantiels (revue annuelle des coûts, négociations tarifaires, passage décomplexé à la banque en ligne…). Un nouveau rapport aux loisirs (vacances proches ou dans la famille, en France, loisirs gratuits). Un nouveau rapport aux articles et produits d'occasion, au vintage, à l'achat de seconde main, et au *peer to peer* …

Une adaptation en continu, parfois douloureuse, mais agile, imaginative, opportuniste, dans la mesure du possible, responsable et écologique. C'est le système D ancestral et cher aux Français, réinventé et adapté à notre ère numérique.

Les témoignages sont très clairs :

« … Cela fait déjà bien longtemps que notre comportement a changé : recyclage, achat en brocante, composteur, etc. Lorsque c'est possible, nous prenons le vélo plutôt que la voiture. Nous pratiquons la marche à pied le soir à la sortie d'école (cela fait du bien à tous), lorsque nous jetons quelque chose, c'est inutilisable pour la personne qui compte le récupérer ! Éteindre la lumière lorsqu'on quitte une pièce, couper l'eau lorsqu'on se brosse les dents. Ce qui a beaucoup changé : moins d'achats en grandes surfaces (…). On achète davantage sur Le Bon Coin, d'occasion, deux vies aux objets, chaussures, habits, etc. (…) Et je cuisine beaucoup, donc cela coûte moins cher que d'acheter des plats tout prêts qui seront bien moins bons pour la santé !… »

Ou encore :

« … Effectivement cette situation a bouleversé nos habitudes de consommation, pour les courses alimentaires nous sommes nombreux à avoir opté pour le *drive*, ce qui réduit considérablement le budget du panier, car au travers de l'écran il n'y a pas toutes les tentations que l'on peut avoir dans un magasin physique, le choix est plus restreint, et finalement on se contente de l'essentiel. La période actuelle nous fait forcément réfléchir à la surconsommation que l'on pouvait avoir auparavant… »

S'adapter pour faire mieux ou aussi bien avec moins, pratiquer une démarche essai/erreur pour avancer, challenger les entreprises qui, elles aussi, changent et s'adaptent pour répondre à leurs exigences (en termes de consommation, de prix, mais aussi de responsabilité) est pour eux la norme depuis longtemps déjà. C'est la France de la modernité, de la débrouille et de l'effort. Quand on parle des entreprises, c'est la France de l'efficacité, saluée lors du premier confinement.

Pour illustrer leur ressenti, on pourrait oser l'image suivante : d'un côté, donc, des Astérix de la consommation et de la débrouille, inventifs et agiles, gérant un pouvoir d'achat au mieux stable. De l'autre, l'État, un de ces camps romains qui entourent le village gaulois, en apparence organisé et puissant, en fait lourd, inefficace, dépassé, mal commandé.

Le jugement de la classe moyenne sur l'État est brutal : il pratique l'inadaptation au long cours. La perception est là : il est vu comme lent, lourd, coûteux, inefficace, y compris ou surtout dans la santé ou le régalien et, en fin de compte, totalement indifférent à l'idée même de changer.

Cette perception s'affirme au fil du temps et s'enrichit en 2021 d'une idée nouvelle : plus la population française et le monde changent, moins l'État semble enclin à faire l'effort de changer, ou même capable de le faire. Que ce soit sur des questions comme la désindustrialisation, spectaculairement mise en exergue en 2020 et vue ici comme une conséquence de l'inaction de l'État ou de ses mauvais choix, voire du laisser-faire dans la mondialisation, ou encore à propos de la mauvaise allocation de ressources du modèle social, créatrice et responsable d'« assistanat », de divisions, voire de conflits...

L'État n'avance plus, ancré dans le passé, ses contraintes ou ses certitudes. Comme s'il était un dinosaure candidat aux « Dodo Awards », maladroit et voué à la disparition dans un monde de vitesse et de transformation, et redistribuant sans contrôle un argent qu'il n'a pas dans un monde de compétition exacerbée. Cette redistribution tant vantée et si critiquée par ceux-là mêmes qui en bénéficient. Ambivalence, quand tu nous tiens.

En 2021, on nous dit :

« Dans un monde de migrations aussi, la question de la capacité du modèle social à intégrer les nouveaux arrivants se pose de manière plus vive qu'auparavant. Comme si l'État était incapable de voir la société française comme elle est et comme elle se transforme, avec son environnement mondial, ses tensions, ses contraintes, ses populations qui changent, ses nouveaux besoins, les opportunités aussi qu'offre la technologie. Comme s'il vivait toujours en 1990 ou en 2000 alors que nous sommes en 2021 et qu'il ne manifeste aucune envie d'avancer, de bouger... »

Ou encore :

« L'enjeu principal qui rend un État-providence viable, c'est le fonctionnement d'ensemble du pays, le niveau d'activité de sa population. Si les Français peinent à trouver du travail, par quelle magie des nouveaux arrivants pourraient-ils travailler ? Un système comme le nôtre a besoin d'équilibre, une population qu'on accueille et qui reçoit doit aussi donner en retour, en travaillant, en contribuant à l'essor du pays... »

Et ceci :

« L'État-providence n'est pas en crise, il est victime de son succès : ce n'est pas la même chose ! Il faudrait moins d'égalité et plus d'équité, de justice, plus de différenciation dans l'intervention de l'État. L'État devrait logiquement se concentrer sur les plus fragiles, les plus exposés, les plus démunis et laisser les plus entreprenants et les entrepreneurs entreprendre seuls. »

Dans les consultations les plus récentes, ces Français expriment un point de vue désabusé, mais qui reflète l'état d'esprit de cette classe moyenne, même si certains peuvent le juger excessif.

« …Ce qui ressort de cette pandémie, c'est que rien ne semble plus fonctionner dans ce pays… le système de santé est au bout du rouleau, le système scolaire était déjà en pleine déconfiture, la France n'est plus autonome dans de nombreux domaines, presque tout est fabriqué à l'étranger. De plus, l'individualisme triomphe et personne n'est plus capable de faire respecter les lois…, l'insécurité triomphe, les délinquants sont impunis. Comment ne pas se sentir pessimiste ? »

Certains osent exprimer la remise en cause du modèle des allocations de ressources.

« …Notre système est en mouvement, et d'anciens acquis ne sont parfois plus adaptés à notre société actuelle, d'où la nécessité d'oser le changement et de distribuer les ressources de manière intelligente, spécifique, plus adaptée et moins systématique… »

La problématique de la dette, très présente en 2007-2008 (thème de campagne de François Bayrou à l'époque), puis en 2011-2013 (crise de la dette grecque et de l'euro, peur de voir la France subir le même sort) revient en 2021 comme une expression de ce diagnostic sévère de la part des Français rassemblés en ce moment sur la plateforme. Aujourd'hui comme hier, l'État, l'exécutif « ne savent traiter des problèmes que par l'endettement, à charge pour les générations futures de rembourser. L'État vit largement au-dessus de ses moyens alors que les prélèvements obligatoires sont les plus élevés du monde… »

« … L'endettement du pays devient colossal, tout ça pour acheter la paix sociale… Les différents gouvernements n'ont pas pu prendre les décisions nécessaires. Nous laisserons à nos enfants une dette qui ne pourra jamais être remboursée… »

Entre repli et résilience, les Français essaient de s'adapter tant bien que mal.

La dette jugée excessive, la redistribution considérée mal ou peu adaptée, l'État empêtré dans son incapacité à se réformer inquiètent la classe moyenne et, comme en réponse à cette double problématique, deux attitudes s'affirment et se renforcent dans le discours de ces Français.

Repli : il confine à l'isolationnisme

Le mouvement de retrait vers son pré carré, son jardin, pour ceux qui vivent en France périphérique, devient un mouvement de retrait de la société.

Il se caractérise par la recherche de sécurité et d'apaisement dans sa vie familiale et ses habitudes, sa consommation raisonnable et organisée pour résister à la crise du pouvoir d'achat, son emploi qu'on essaie de stabiliser, l'avenir de ses enfants qu'on essaie d'assurer sans faire de grands rêves de réussite. Une vie conçue comme un « abri » dans une époque peu sûre et un monde difficile, auxquels on s'adapte du mieux possible.

La crise du Covid, avec son mouvement vers la France des jardins et des petites villes éloignées du virus, rend ce repli plus radical encore, le fantasme devenant de pouvoir vivre en quasi autarcie, comme loin de tout risque.

« …Habitant et travaillant en milieu rural, je pense avoir la chance de vivre “éloigné des nombreux problèmes des Français…” »

Résilience… Mais jusqu'à quand?

Elle existe encore face à la crise actuelle ou simplement aux difficultés vécues depuis le début du millénaire. Elle s'exprime à la fois dans les comportements concrets dont ils témoignent (l'adaptation), et dans la vision malgré tout volontariste, pour eux et pour la société française, qu'ils expriment.

« …Le malaise est puissant, mais on doit pouvoir s'en sortir, nous avons (citoyens, entreprises) de la ressource et nous l'avons prouvé pendant la dernière crise, la France reste un pays riche, puissant et bien équipé… »

Pour la majorité des Français rassemblés sur nos plateformes et qui adhèrent à cette vision, être désenchanté ne veut pas dire être désespéré. Mais, depuis déjà deux ou trois ans, on sent faiblir cette résilience collective et cette croyance en la force de la France : le doute avait commencé à s'installer avec les manifestations des Gilets jaunes, la crise du

Covid l'a cristallisé, notamment auprès d'une partie des plus jeunes.

« … La France est un pays riche oui, par rapport aux pays d'Afrique, sud-américains, certains pays d'Asie ou du Moyen-Orient. Mais à quel prix ! Notre dette est exponentielle et nos gouvernants dépensent sans compter l'argent public puisque ce n'est pas le leur. »

La fragilité de notre économie associée à cette impression d'argent magique qui tombe du ciel et se transforme en dette à rembourser inquiète.

« … Moi, j'ai un peu peur pour les générations futures, ainsi que pour ma génération, j'ai que 29 ans et je me demande comment ça va être dans quelques années … ça craint déjà maintenant, alors… »

Être un jeune Français en 2021 : regarder l'avenir en face avec raison, presque des vieux sages.

Les problèmes connus par les « jeunes », avec ces cortèges poignants d'étudiants faisant la queue aux Restos du cœur ou autres associations, nous a amenés à prolonger nos observations de façon plus spécifique et focalisée sur cette population, mais en restant cohérents sociologiquement (classe moyenne de 18 à 30 ans). Et ce que nous avons appris à leur écoute nous a étonnés. Pourquoi ?

D'abord, nous avons été frappés par l'écart significatif entre ce que nous disent les jeunes de notre échantillon et le portrait de cette génération brossé par les médias. Les contraintes de ces derniers qui cherchent à capter l'intérêt ne s'intéressent, par la force des choses, qu'aux éléments saillants, ils présentent toujours la réalité avec un prisme nécessairement déformant. Or les jeunes que nous avons écoutés portent un regard lucide sur eux-mêmes, sur la société, ses faiblesses, montrent un esprit plus entrepreneur, plus responsable que ce que certains raccourcis pourraient suggérer. Sans doute, la surprise la plus importante tient-elle au discours sur la société française, fait d'un mélange de modération et de fierté.

La modération

Loin des clichés qui peuvent parfois leur coller à la peau, ces 18-30 ans n'ont aucun goût pour la radicalité. Après plus d'un an de restrictions et malgré le contexte de crise sanitaire et économique, les sentiments qu'ils expriment restent mesurés. On est loin du révolutionnaire de 1968 ou encore d'une envie de tout remettre en cause, de refaire le monde. Vivre le mieux possible, se faire une place et mener ses projets, ce serait déjà bien… Leur ambition est réelle, mais pragmatique, et peut paraître modeste.

La fierté

S'ils pointent du doigt de nombreux dysfonctionnements au sein de la société, s'ils expriment aussi beaucoup d'inquiétudes sur la trajectoire qu'elle pourrait prendre demain, ils n'oublient pas d'insister sur les atouts de la France. Dans leurs contributions à nos études, ils assument pour la plupart leur fierté et leur reconnaissance pour les chances que leur pays donne à ses citoyens, et ce en quatre dimensions.

Vivre en France, c'est d'abord pour eux la fierté de vivre dans le pays de la liberté

Liberté de penser, liberté d'expression, liberté de mouvement, liberté de choisir… Une valeur cardinale, jugée fondamentale et d'autant plus précieuse qu'elle leur semble en danger – voire absente – dans certains pays voisins ou bien d'autres régions du monde.

« … La fierté d'être français. L'égalité de chaque Français devant les lois, la liberté de penser et d'émettre ses opinions sur tout… »

« … Nous ne sommes pourtant pas à plaindre par rapport à d'autres pays qui connaissent encore la dictature. Je pense que nous avons la chance de vivre dans un pays assez libre… »

Ils assument et même défendent sans complexe le premier mot de la devise nationale. Cela explique sans doute la résistance de certains de nos compatriotes face aux mesures sanitaires restreignant nos libertés.

Vivre en France, c'est aussi pour eux une chance : celle de vivre dans une république avec une forte dimension sociale et solidaire.

Cette dimension assume un rôle de protection en prenant soin de ses citoyens. Ainsi sont-ils nombreux à se montrer reconnaissants vis-à-vis de la Sécurité sociale, de l'Assurance Maladie, de la gratuité des soins à l'hôpital, des aides au logement, de l'allocation chômage, des pensions de retraite … Ces pares-feux qui font la spécificité de la France, ils en sont fiers. Et ils perçoivent d'autant plus leur valeur que se prolonge la crise sanitaire et économique. Dans l'épreuve, on mesure mieux sa chance, et même le privilège d'être français.

« … En positif, il y a plein d'aides, que ce soit les indemnités de chômage, RSA, pôle emploi, aide au permis, allocations familiales, Sécurité sociale…, ce n'est pas dans tous les pays qu'on a la chance d'avoir autant de bénéfices, quand on va à l'hôpital, si on est bien couvert, on ne paye rien, peu importe notre couleur de peau… »

Vivre en France, c'est, en troisième lieu, vivre avec les gens très divers qui la composent.

Les notions de diversité et de mixité émergent fortement des conversations. Ces caractéristiques font aujourd'hui l'identité de la France et sont indéniablement perçues comme une force pour le pays. Nombreux sont les participants sur le blog à décrire avec fierté une société ouverte d'esprit, prônant l'acceptation des autres et des différences, que ce soit en termes d'âge, d'identité, d'orientation sexuelle, d'origine, de religion.

« ... La société française représente la diversité à tout point de vue, ce qui est très positif et quelque chose dont les Français peuvent être fiers... »

Cela ne veut pas dire pour autant que nous vivons dans un pays de bisounours et que le racisme, l'antisémitisme sont éradiqués. Les jeunes qui ont participé aux études en sont conscients, mais ont tendance à regarder le verre à moitié plein. En cela ils appartiennent à la génération positive.

Vivre en France, c'est enfin, de façon secondaire mais néanmoins significative, profiter de la richesse de son patrimoine culturel.

L'art, la littérature, la beauté des paysages et des régions, mais aussi la gastronomie. Un art de vivre oscillant entre romantisme, élégance et générosité qui déteint sur la personnalité et la façon de vivre des Français : un peuple curieux et hédoniste, attaché à l'histoire et aux plaisirs de la vie. C'est une vision finalement très classique de la France, comme une carte postale sépia, un peu cliché, mais dont ils ne voient pas pourquoi ils ne seraient pas fiers.

« ... Pour les points positifs ? Notre culture, le théâtre, la gastronomie, le cinéma, la littérature, la peinture, les arts en général..., le système de santé, les différentes aides qui peuvent être apportées à chacun (handicapés, par exemple...), c'est également un beau pays, et nous avons une belle langue. »

Finalement, la bonne nouvelle : l'amour de son pays n'est pas réservé aux Boomers, aux seniors et aux populistes !

Mais... sous la fierté, l'anxiété. Les inquiétudes, nombreuses, ne sont pas, elles non plus, réservées aux plus âgés.

Ils ont conscience de vivre dans une société qui se cherche.

Pour ces jeunes, la société française est en mouvement, elle bouge, elle évolue, elle offre des raisons de se réjouir d'y vivre. Une majorité de participants s'accordent à dire que l'ouverture d'esprit de la France et des Français est un mouvement continu. Plus de tolérance, plus d'acceptation des autres et des différences. Plus d'engagement citoyen et de solidarité auprès des plus faibles... Néanmoins, l'équilibre reste très fragile, puisque certaines transformations provoquent de fortes tensions.

De grands sujets socio-économiques restent à leurs yeux profondément sources de problèmes, faisant de la société française une société qui s'ouvre... et se ferme, les deux à la fois ! Décidément, le « en même temps » est partout. En effet, leurs témoignages projettent un sentiment ambivalent : oui, les lignes bougent, oui, la société avance..., mais souvent dans le désordre. Une vision en un sens positive, mais aussi pessimiste. Les conversations dessinent également le portrait d'une société qui se crispe et se déchire.

L'ambivalence n'est pas réservée aux plus âgés.

Une société qui se crispe

À leurs yeux, cette montée de toutes les diversités n'est pas accueillie de la même façon par tous les citoyens français. Au-delà d'être un motif de fierté, elle constitue aussi une source de tensions et un facteur de divisions. Peur de l'autre, rejet de l'immigration, racisme : autant de menaces qui, pour beaucoup d'entre eux, pèsent sur la trajectoire « idéale » de la société française. D'autres participants pointent du doigt explicitement une immigration « incontrôlée » et des aides sociales distribuées aux « étrangers » au détriment des « Français », se faisant le relais d'un discours de doute, voire de rejet pour l' « assistanat », classique aujourd'hui dans les classes moyennes. Mais pour tous, l'interrogation sur le devenir d'une société française multiple est nette. Pour eux, c'est tout sauf un non-sujet.

« Une population très mixte de culture qui est un point positif pour s'enrichir, mais qui crée des conflits. »

Les problèmes d'intégration ne concernent pas seulement la population musulmane :

« … Ayant grandi dans une famille d'origine vietnamienne, je ne me suis jamais vraiment sentie tout à fait intégrée à la société française, à ses valeurs et sa culture. J'ai eu l'impression durant toute ma scolarité qu'il y avait une barrière entre les autres et moi, et je me suis souvent sentie seule, à part du groupe à cause de nos différences… »

« … Le sujet d'inquiétude est l'immigration qui est de plus en plus invasive (voire hors de contrôle), le terrorisme qui progresse, le manque de sécurité… »

« … Les aides sociales, données à tort et à travers aux étrangers alors que l'on a des SDF à aider avant ! … »

S'ouvrir aux autres et au monde ou s'enfermer dans une bulle ? Le débat n'est pas tranché et les opinions oscillent avec une tendance à se protéger tant que la crise est là.

Par ailleurs, et contrairement à ce que l'on pourrait penser venant de cette classe d'âge, les réseaux sociaux, et leur utilisation par les plus jeunes, constituent un sujet d'inquiétude. C'est une forme d'aliénation à internet et plus largement aux écrans qu'ils stigmatisent en dressant le portrait d'une génération qu'ils considèrent « trop » connectée et, de ce fait, soumise aux dérives des réseaux sociaux.

« … Les jeunes de notre génération sont plongés dans la technologie, dans les réseaux sociaux, à n'en plus finir. Beaucoup sont hors-réalité… »

« … Les craintes concernent les dérives liées aux réseaux sociaux et aux problèmes de sécurité partout sur le territoire… »

« … Les jeunes, soumis de plus en plus à internet, aux réseaux sociaux… ont, je pense, perdu en capacité d'initiatives, d'ingéniosité, d'idées, et cela risque de s'en ressentir par la suite… »

La question écologique est aussi au cœur de leurs préoccupations pour demain. Mais s'ils concèdent que de nouvelles pratiques, de nouvelles orientations ou de nouvelles démarches plus responsables tendent petit à petit à se mettre en place au sein de la société, ils aimeraient que les choses aillent plus vite. Ils regrettent un manque d'ouverture de la part des acteurs économiques et institutionnels : à leurs yeux, leur implication sur le sujet de l'environnement reste trop faible, trop lente, et la considération qui devrait leur être accordée insuffisante.

On retrouve ici la critique que leurs aînés font aux grandes entreprises. Ils estiment que la question environnementale n'est pas prise à bras le corps. De leur point de vue, la prise de conscience reste très insuffisante, et les discours peinent à se traduire en actions collectives, impliquantes et concrètes.

« … La plus grande inquiétude que j'ai concerne l'environnement. Lorsque je vois à quel point la nature est malmenée, ça me fait très peur et m'inquiète pour l'avenir… »

L'insécurité est aussi au centre des préoccupations des jeunes. C'est un sujet qu'ils n'esquivent pas, qui les concerne voire les révolte, et ressort très fortement des conversations. Ce qui les inquiète ? Comme leurs aînés dans les enquêtes d'opinion, la montée de la violence au quotidien – qu'elle soit verbale ou physique – ainsi que la hausse de la criminalité. La montée de l'irrespect et de la violence vis-à-vis des forces de l'ordre.

Cette violence au quotidien les choque, les scandalise et les préoccupe pour la vie ensemble, alors que la menace terroriste, bien qu'elle reste ancrée dans leur esprit, est davantage en toile de fond. La mise en image répétitive de toutes les formes de violence par les médias imprègne fortement les esprits.

« … Mes inquiétudes sont les violences qui peuvent régner en ce moment dans la société française. Chaque jour, il y a des crimes de plus en plus violents et fréquents. L'insécurité règne… »

« … Je suis inquiet de la montée de la violence au quotidien (verbale et physique) et du non-respect de l'autre… »

Face à cette insécurité perçue par eux comme grandissante, beaucoup de ces jeunes sont en demande d'un retour à l'ordre. Ils sont nombreux à déplorer que la justice échoue à protéger la population et à inspirer le respect et l'autorité. Une forme de normalité dysfonctionnelle semble s'installer à leurs yeux, et ils ne l'acceptent pas, ne s'en accommodent pas.

« … La société française actuelle va très mal à mon avis. Il n'y a plus de respect de l'autorité (police, pompiers…) et donc du gouvernement… »

« … J'ai de plus en plus de mal à me retrouver dans cette société, je trouve que la France est en train de perdre ses valeurs et son identité. Le laxisme des dirigeants, la justice qui n'en est plus une, la pauvreté qui s'installe lourdement, la drogue qui gangrène les villes et toutes les formes de violence au quotidien qui deviennent une normalité ! … »

Ces jeunes Français s'inquiètent enfin d'observer une fracture sociale de plus en plus béante. Avec le sentiment que les riches s'enrichissent au détriment des plus pauvres, qui eux s'appauvrissent. Symbole parfois de ce délitement social : la figure du retraité contraint de travailler pour compenser son faible niveau de pension.

On aurait pu penser les jeunes plus égoïstes, plus soucieux d'eux-mêmes que de leurs aînés, et pourtant nos études nous disent le contraire.

« Les vieux sont poussés à travailler encore plus longtemps en repoussant leur retraite. Ces vieux ont assez donné, pour une misérable retraite qui plus est, et doivent profiter de leurs vieux jours … »

« … À mesure que les crises s'enchaînent, les inégalités se creusent. En somme, les riches deviennent encore plus riches et les pauvres sont faits pour rester pauvres… »

La crise économique et sanitaire renforce à leurs yeux le risque de fragmentation de la communauté nationale. Inflation, pouvoir d'achat sous pression, marché du travail fragilisé – alors qu'il était déjà tendu pour eux… Autant de raisons de craindre un durcissement du climat socio-économique, déjà peu favorable aux jeunes générations.

« … La société française est soumise à la crise du Covid. Des emplois sont perdus et on fait face à de plus en plus de précarité : les commerces, restaurants… seront plus frileux à faire des CDI, et même à embaucher tout simplement… »

Ils doutent de la capacité des Français et des élites dirigeantes à installer et mettre en œuvre un modèle de société plus égalitaire, plus solidaire, mais aussi plus inclusif. Certains redoutent même l'arrivée au pouvoir des extrêmes.

« Je n'ai pas tellement confiance en l'avenir. En tant que jeune actif, difficile de se projeter sur plus de trois ans. L'accès à l'immobilier est compliqué (choisir entre vivre à une heure trente de son travail ou vivre dans un appartement minuscule), les problèmes environnementaux sont de plus en plus palpables et l'insécurité de l'emploi grandit… »

Lucides, mais solides. Ambitieux, mais mesurés... Ils se révèlent aussi conservateurs dans leur vision de la vie.

Si les sujets de préoccupation ne manquent pas, si le diagnostic qu'ils portent sur la société française est sans concession, les jeunes avec lesquels nous avons dialogué ne s'estiment pas pour autant sans ressources. Certains ont été fragilisés par la crise sanitaire, bien sûr. D'autres ont fait la queue aux Restos du cœur et passent rapidement sur cet épisode. Mais globalement, ils savent qu'ils peuvent compter sur des valeurs qui sont de vrais atouts face à un avenir incertain. Le découragement n'est pas leur fort.

Interrogés sur ce qui compte le plus pour eux, on est frappé de voir que, pour avancer dans la vie et se projeter vers demain, ces jeunes comptent sur un corpus de valeurs en fait très traditionnel. Des valeurs qui ne sont pas en rupture avec celles de leurs aînés telles que ceux-ci nous les décrivent depuis 2008, bien au contraire. Des valeurs qu'ils brandissent comme un bouclier face aux grands sujets d'inquiétude et de préoccupation énumérés plus haut. Le respect, l'honnêteté, le travail, la solidarité, et, bien sûr et avant tout, la liberté.

La liberté

Une valeur qui leur semble tomber sous le sens, quand on est français et jeune, au cœur de leur conception de la vie et de notre pays.

Une valeur à laquelle ils sont particulièrement attachés et dont ils ont pu mesurer toute l'importance après plus d'un an de restrictions en stop-and-go avec les mesures de confinements, de couvre-feu, de pass-sanitaire, vaccinal ou autres. Même lorsqu'elles sont bien comprises, ces mesures ont souvent du mal à être acceptées.

Au-delà d'un droit, d'un acquis, la liberté constitue également une quête à laquelle ils aspirent très fortement : le passage vers la vie d'adulte, mais aussi et surtout l'accès à l'indépendance et à l'autonomie financière. Car la liberté, selon eux, c'est à la fois la liberté en droit et la liberté réelle, c'est-à-dire le droit de faire ses choix avec une autonomie concrète qui ne se conçoit pas sans assise matérielle.

« ... La valeur qui me tient vraiment à cœur, et plus encore en cette année 2021, c'est la liberté. Étant encore étudiant, dépendant financièrement de mes parents, mes objectifs principaux sont d'acquérir une certaine indépendance (matérielle...), et de saisir aujourd'hui les opportunités qui me permettront demain de toujours rester libre de mes choix... »

« … Le respect, le dévouement et la liberté. L'accès à l'indépendance totale, et la liberté d'orienter mes choix comme bon me semble… »

Condition de la liberté : l'effort

Pour réussir sa vie, il faut croire à l'effort. Ce n'est pas moi qui le dis, mais bien notre échantillon de jeunes : c'est pour eux une évidence. Le travail et toutes les valeurs qui gravitent autour : le courage, la persévérance, l'abnégation sont très fortement mis en avant.

« … Pour moi, le plus important dans la vie, c'est le respect, le travail et l'ouverture au monde… »

« … Les valeurs qui me sont les plus chères sont la persévérance et la tolérance. Sans persévérance il est dur d'avancer, sans tolérance notre société serait si triste… »

Mais travailler, faire des efforts sans but, n'aurait aucun sens. Ce qui ressort pour eux, c'est réussir sa vie en tant qu'individu, et c'est aimer vivre. L'hédonisme est assumé. Profiter des petits plaisirs de la vie, garder la joie de vivre, profiter du moment présent, savoir être heureux, aimer et être aimé. Ces valeurs privées émergent de façon plus discrète dans les conversations, mais sont exprimées parfois avec émotion.

Enfin, au-delà de ces valeurs privées, pour tenter de réparer et retisser les liens d'une société qui tend à se déchirer, c'est la valeur de respect qui est érigée en majesté dans les conversations. On retrouve là les mêmes désirs et aspirations que leurs aînés. Elle s'accompagne naturellement des valeurs d'honnêteté, de bienveillance, de tolérance, de loyauté et de solidarité. Autant de priorités pour leur vie quotidienne – vivre bien avec les autres – qu'un espoir pour la société – progresser ensemble. Le « vivre-ensemble » est très présent dans leurs discussions. On est assez loin de l'individualisme effréné rapporté dans d'autres études.

« … Les valeurs qui me sont les plus chères sont l'égalité, le respect et la tolérance : je pourrais en citer bien d'autres, mais globalement je priorise les bonnes relations entre humains. La bienveillance et le respect sont essentiels dans ma vie… »

« Le respect, c'est la valeur la plus importante pour moi. Ensuite, je pense que c'est la tolérance et la bienveillance… »

Moi, mon avenir, mon destin : j'ai confiance !

Avoir des valeurs fortes, solidement établies, c'est aussi ce qui donne confiance en soi, en son avenir personnel, en la réussite de ses projets. Des projets de vie sur lesquels ils sont très clairs, et qui ne prétendent aucunement être hors du commun… Être un jeune Français des classes moyennes en 2021 ne veut pas dire être révolutionnaire, ni avoir envie de tout quitter et de partir à l'aventure. Sauf à considérer qu'une vie autonome, épanouie professionnellement et humainement est déjà une belle aventure.

Ce qui s'exprime très clairement, c'est le volontarisme de ces jeunes Français. On entend l'expression du stress, mais pas de déprime, pas de défaitisme, pas de victimisation malgré les difficultés et parfois l'indigence : une large majorité des participants à nos plateformes se disent sereins et confiants en leur capacité de prendre en main leur avenir …

« … J'ai confiance en l'avenir, car cela dépend de mon présent que je construis chaque jour. »

« J'ai confiance dans l'avenir, car je le créerai à mon image. Si un projet ne se concrétise pas, ce ne sera pas un échec mais une avancée vers un autre projet. »

Travail, famille, maison

Cette trilogie qui en rappelle une de triste mémoire ressort comme une évidence des discussions. Les jeunes Français interrogés ont une vision très claire de leurs priorités. Le « rêve » paraît modeste, raisonnable. Des aspirations en fait très sages (trop ?), traditionnelles et réalistes. Ils les affirment dans des limites assumées qui cristallisent une culture de la stabilité, nous les observions aussi et déjà chez leurs aînés.

Le travail, c'est pour tous la clé, le passage obligé pour accéder à l'autonomie et à l'indépendance. Il est omniprésent et occupe tous les esprits, à toutes les étapes du cycle de vie, que l'on soit étudiant ou déjà jeune actif. Ce qui est exprimé en majeur est la volonté de trouver un emploi « stable », à la hauteur de ses qualifications. Travailler à son compte, devenir indépendant ou partir exercer à l'étranger est en revanche exprimé en mineur.

La famille : la deuxième priorité est de construire une famille. Une aspiration là aussi présente à toutes les étapes de la vie : trouver l'âme sœur, fonder un foyer, passer du temps avec les siens, éduquer ses enfants…

« … Mon rêve serait de trouver la femme de mes rêves pour avoir une famille par la suite… »

« …Ma priorité est et restera ma famille. Mon rêve est de fonder une famille épanouie, ne manquant de rien. Je souhaite que mes enfants grandissent avec des valeurs et des principes dont je serai fière… »

La maison. Le troisième étage de la pyramide de leur aspiration, c'est la maison. Chercher à avoir son propre chez-soi, voire à devenir propriétaire dès que leur situation financière leur en donnera la possibilité. Chercher aussi à aménager son intérieur, à construire un foyer confortable pour permettre à toute la famille de s'épanouir. Une aspiration pompidolienne aussi bien matérielle que symbolique. Pour eux, construire son foyer reste plus que jamais synonyme de construire sa vie.

« … Mes priorités sont d'arriver à concilier ma vie professionnelle et personnelle. Je rêve avec mon conjoint de devenir propriétaire de notre propre maison pour y vivre tranquillement et y fonder une famille… »

Il y a peu, voire aucun, rêve de conquêtes, de révolutions, de bouleversements. On pourrait classiquement traduire leurs intentions ou expressions tout simplement en : « Réussir sa vie ».

Le désespoir ? Non merci ! Ce qui frappe, finalement, c'est la différence de tonalité entre ces dialogues et ce qu'on entend si souvent : les jeunes dont on n'a cessé de nous dire sur tous les tons la détresse et les difficultés (réelles pour beaucoup) et dont on aurait pu penser qu'ils auraient été déprimés, manifestent au contraire un optimisme face à l'avenir, qui tranche avec l'état d'esprit de leurs aînés.

Ils songent à créer un foyer, ils abordent la situation actuelle comme un pis-aller temporaire et n'affichent dans nos blogs aucune attitude désespérée. Ils intègrent les difficultés du moment avec une certaine philosophie et songent à l'avenir en tenant compte des contraintes.

Il est vrai que leurs rêves paraissent bien sages. Est-ce un effet de l'échantillon ? Ou tout simplement la loupe grossissante des médias qui mettent nécessairement l'accent sur ce qui ne va pas à tel point que la perception peut en être faussée ? Je ne saurais dire, j'avoue avoir été surpris.

J'ai tendance à penser que c'est justement parce qu'elle est moins révoltée, moins révolutionnaire, plus consciente des enjeux d'avenir, plus mature que les générations précédentes, mais aussi plus ouverte sur l'international, sur le monde et la compétition économique, que notre jeunesse est résolument plus optimiste, plus pragmatique et aurait décidé de « faire avec ». Puisque les solutions ne viennent pas d'en haut, puisque personne ne semble leur offrir l'avenir dont ils ont envie, eh bien ils se prennent en charge.

Les jeunes ne sont pas les seuls à être optimistes et à avoir confiance dans l'avenir. C'est le cas de beaucoup de catégories conscientes des atouts de la France dans tous les domaines : l'esprit d'entreprendre s'est épanoui ces dernières années avec tous les projets de start up, mais pas uniquement, chez nos grands champions nationaux, dans beaucoup d'autres domaines, y compris l'industrie, l'énergie, mais aussi la créativité de nos talents, l'extraordinaire vitalité du secteur du luxe, des cosmétiques ou des services.

Ne nous y trompons pas, ces réussites ne restent pas confinées dans les colonnes économiques ou boursières de certains journaux. Elles sont perçues, appréciées et souvent objets de fierté.

Quand les classes moyennes alertent sur le Grand Dérèglement…

Cependant, il est vrai que le tableau est plutôt sombre lorsque l'on dissèque les échanges spécifiques à la classe moyenne. Sur ce point, ma surprise a été moindre, sauf peut-être l'intensité de ce sentiment d'être « laissés pour compte » à travers leurs dialogues. Sans doute parce que, depuis des années que nous la suivons, nous percevons bien ce sentiment de glissade, de déclassement, de désillusion, de grande déception, et parfois d'humiliation.

L'accumulation des difficultés, des fins de mois qui arrivent de plus en plus tôt, des privations de beaucoup de choses, que certains pourraient considérer superflues et qui sont autant de menus plaisirs auxquels ils sont attachés, l'impossibilité de gâter les enfants comme ils aimeraient nourrissent ce sentiment profond que l'avenir ne sera pas meilleur ni pour eux ni pour leurs enfants. Un sentiment diffus qu'on ne s'en sortira pas.

Or, ce sentiment n'est pas récent, il remonte au début des années 2000 et s'est détérioré au fil du temps. La situation n'était déjà pas bonne pour eux avant la pandémie, mais elle s'est aggravée matériellement et psychologiquement depuis, alors même que l'État a fait un effort magistral – colossal même – d'aide, de soutien durant cette période, et, rappelons-le, ce fait est reconnu et attribué au président et au gouvernement. Néanmoins, une angoisse sourde perdure et leur fait penser que « c'est foutu », qu'il n'y a rien à espérer, ou pas grand-chose. La dette dont ils prennent conscience (les Français seraient-ils plus raisonnables que nos politiques ?) les effraie : pour eux ce n'est pas un ratio européen ou un critère de Maastricht, ce sont des valeurs absolues qui forment une montagne de dettes qu'il faudra bien rembourser. Ils éprouvent de l'angoisse à l'idée que ce soit leur retraite ou leurs enfants qui en pâtissent.

Dans le même temps, ils ont été confrontés à la découverte de ces béances de nos industries ou de nos services publics, certains en avaient déjà pris conscience individuellement, mais sans avoir eu cette vision collective des énormes difficultés à venir.

C'est sans doute comme dans une *perfect storm* (ces trois composantes de la tempête parfaite) : une situation personnelle préoccupante, difficile ; la perception de difficultés considérables à venir et les inquiétudes concernant l'État, avec son endettement qui commence à être anxiogène pour certains, les faiblesses énormes de notre appareil industriel, de nos services publics, les déficits qui s'accumulent – budgétaire, balance commerciale –, le recul de certains secteurs clés, au premier rang desquels l'agriculture ou l'industrie ; et enfin, ce sentiment aigu, presque violent, que, pendant ce temps, certains s'enrichissent à leurs dépens et que les inégalités se creusent. C'est tout autant la divergence des trajectoires de revenus que les valeurs absolues qui les heurtent et accentuent ce sentiment d'inégalité et d'injustice.

Très curieusement et alors qu'ils en sont les premiers bénéficiaires (et heureux d'en bénéficier), ils doutent, on l'a vu, de l'efficacité des chèques catégoriels signés, à leurs yeux, à tour de bras. Je pense qu'il y a sans doute trois raisons à cela : bien sûr, l'idée que cela va gonfler l'endettement et qu'on viendra leur demander, par le biais de taxes, d'impôts ou de contributions de solidarité, de les payer ; sans doute aussi le soupçon d'électoralisme dans cette générosité soudaine d'un État désargenté, et finalement, et surtout, me semble-t-il, une fierté blessée, un sentiment d'impuissance à ne pouvoir subvenir eux-mêmes à leurs besoins et à ceux de leur famille.

On ne peut résumer en quelques phrases ou concepts ces longues années d'observation et d'écoute. Les Français de la classe moyenne qui se sont exprimés sur nos plateformes sont directs, parlent sans filtre, il leur arrive parfois d'être expéditifs dans leurs jugements. Leur culture économique peut paraître sommaire, mais ils sont lucides et rationnels. Il est étonnant de constater la cohérence de leurs propos au fil des ans, de leurs critiques de l'action gouvernementale ou de leurs frustrations. On dit souvent que l'opinion suit le mouvement du vent, c'est sans doute vrai à un instant donné, mais sur la durée, cette opinion publique reste constante. C'est probablement l'un des enseignements les plus intéressants des études sur cette longue période.

Cette quête de respect individuel n'est pas récente. Celle-ci est quasiment le fil d'ariane de cette opinion et devient une demande impérative aujourd'hui.

Dans les dialogues entre Français, là aussi on observe une grande cohérence sur les grands sujets économiques, les nécessaires réformes dont ils sont demandeurs, les multiples faiblesses de nos systèmes éducatifs, de santé, de police et de justice, mais aussi la thrombose administrative et de l'État (au sens plus large du terme, car il inclut dans leur esprit toutes les structures nationales ou régionales) jugé lourd, complexe, coûteux et inefficace. Le récent article (*Le Figaro* 19 janvier 2022) rapportant qu'en vingt-trois ans les effectifs de fonctionnaires ont augmenté d'un million semble leur donner raison. Ils sont tout aussi préoccupés par nos faiblesses économiques, industrielles et agricoles.

Le mot ambivalence a été très présent tout au long de ce texte. Je vais encore l'employer pour souligner l'anxiété, le stress, voire l'angoisse qui étreignent les Français, mais aussi la résilience, le courage d'affronter les situations, le refus de la résignation et surtout l'envie de projets.

J'y insiste, il ne faut surtout pas voir dans leurs expressions des symptômes d'une dépression. Non. Ils ne sont pas franchement déprimés. Certainement déçus, sans doute désenchantés, peut-être un peu découragés, mais encore fortement résolus, avec des envies et beaucoup d'espoir.

Le plus grand, le plus beau défi qui les mobilise, au-delà de la fierté de vouloir vivre dans un pays qui retrouverait, à leurs yeux, son rang, c'est celui de l'avenir de leurs enfants. Faire en sorte que ceux-ci aient la possibilité de vivre mieux qu'eux. Ils ne peuvent accepter le déclassement ni pour leur pays, ni pour eux-mêmes, encore moins pour leurs enfants.

Il me semble que le vivre-ensemble, qui est une véritable aspiration, est malmené, mal compris et la fragmentation de la société leur paraît un risque réel.

Un mot est quasi absent des dialogues : la réussite. Cette idée de réussir professionnellement, économiquement est peu présente, au bénéfice d'une idée plus riche, plus complète : réussir sa vie.

Finalement, les quêtes des Français sont assez simples à comprendre. Sans doute plus difficiles à satisfaire.

Dans cette période électorale on est tenté de poser la question : « Alors quoi ? Que faire ? » Je ne me hasarderai pas à suggérer un pot-pourri de propositions en guise de programme pour l'avenir. Je laisse ce soin aux vrais experts en la matière et aux candidats à la présidentielle selon leur vision de la France et leur idéologie.

Quel que soit le programme des différents candidats, trois directions fondamentales s'imposent à mes yeux : la perspective, le récit et le respect.

La perspective ?

Ou l'objectif... Tout un chacun a besoin d'avoir une perspective, de comprendre la direction prise et quel rôle il a dans la communauté, ou tout simplement quel avenir il pourrait se fabriquer. C'est encore plus vrai pour cette population (mais elle n'est pas la seule, même s'il s'agit de la plus nombreuse) pour laquelle le futur semble bouché. Il n'y a pas d'avenir. Ou, à tout le moins, elle ne le perçoit pas, ne le voit pas. Comme dans *Le Petit Prince* de Saint-Exupéry, elle demande, inquiète : « Dessine-moi un avenir. » Quelque chose de clair, de simple, d'accessible dans le temps et dans l'effort. Quelque chose qu'elle comprenne et en quoi elle puisse croire. Vers quel but aller ? À quoi s'identifier ? Dans quel avenir se projeter ? Elle ne souhaite pas tant que cela une collection de mesures. Cet impressionnisme ne lui convient pas, elle n'a nulle envie d'avoir à reconstituer une image. Pour ne pas tomber dans le travers d'un déficit de perception, pour ne pas produire de l'angoisse, il faut répondre clairement à la question : l'avenir, c'est quoi pour moi ?

Le récit ?

Dans ce monde perturbé, où la confusion règne, nous avons tous besoin de repères, de pouvoir nous situer dans un projet, mais aussi dans une histoire, dans une continuité. Souvent, pour savoir où l'on va, il faut savoir d'où l'on vient – on pourrait dire, littéralement, où l'on se trouve. Les populistes de tous bords savent non seulement forger des concepts et formules à l'emporte-pièce, mais aussi construire un récit qui attire, rassure et parfois, mobilise. Et surtout, cette narration donne l'illusion, précisément, que l'on va enfin cesser de se chercher pour se trouver, ensemble, mais en excluant les autres… Quel autre sens donner aux slogans souvent scandés dans leurs meetings ? « On est chez nous ! » Sans les singer, il s'agit de satisfaire ce besoin pressant et légitime qu'ont les citoyens de se situer dans un récit au sein d'une histoire, la leur, et de se retrouver collectivement pour mieux voir l'avenir.

Respect ?

En quelque sorte, ils nous disent : Il ne s'agit pas seulement de me respecter pour ce que je suis, mais, surtout, ne m'infantilisez pas. Je suis grand, j'ai mûri, je comprends et suis capable de faire la part des choses. Parlez-moi de vérité. Ne me méprisez pas en oubliant ma vie quotidienne. S'il y a des efforts à faire, dites-moi lesquels et ceux que vous êtes vous-mêmes prêts à faire, car nous devrons être deux pour affronter cette aventure. Et en quoi ceux-ci seront proportionnés, car j'aime l'égalité ou à tout le moins l'équité. Or, je n'ai plus confiance, je ne vous crois plus, j'ai des doutes. Quels engagements prenez-vous ? Et quelles preuves me donnez-vous que vous les tiendrez ? Pour moi, la première preuve de respect, c'est de tenir vos engagements. Et à ce jour tous les candidats élus ont trahi ma confiance. Pour avancer, j'ai besoin d'avoir confiance. Comment me redonner cette confiance que j'ai perdue en vous, les élites, les politiques, les haut-fonctionnaires qui vous êtes succédé à la tête de l'État pour agir, mais sans tenir vos promesses ?

Quand Charles Pasqua avait déclaré « les promesses n'engagent que ceux qui les écoutent » il a sans doute fait sourire quelques personnes avides de bons mots, mais il a fait un tort considérable à la classe politique. Il a quasiment dit au Français : « Ne nous croyez pas, ne croyez pas nos promesses, une fois élus on fera ce que bon nous semble. »

Bien entendu, au-delà de la perspective, du récit et du respect, il y aura un programme, comme savent si bien en faire les politiques. Ce qui ressort assez fortement des conversations, c'est la nécessité de traiter les grandes questions de fond et pas du tout les mesures catégorielles et détaillées d'un inventaire à la Prévert.

En guise d'épilogue

Voilà ce que l'on peut déduire de tous les dialogues de ces Français des classes moyennes que nous avons entendus régulièrement pendant ces nombreuses années.

Mais, quel que soit leur programme, il y aura une obligation pour tous les candidats à la présidentielle de satisfaire deux exigences essentielles qu'ils ont souvent négligées ces vingt dernières années.

À ce propos, permettez-moi un détour par le métier que j'exerce : la publicité. Il y a bien longtemps, Publicis avait développé une théorie qui est devenue un dogme du métier : toute marque qui s'adresse à son public s'impose deux contraintes : le don et la dette.

La dette, c'est ce que le produit doit faire, les promesses qu'il doit tenir. Il ne doit pas créer de déception et correspondre à toutes les spécificités techniques, de goût, de durabilité auxquelles la marque s'est engagée. Tout manquement crée une déception grave et les clients abandonnent la marque.

Le don, c'est ce qui est offert en plus : un avantage intangible, une gratification psychologique, un sentiment de statut, généralement l'idée que l'on se fait de la marque et de ce qu'elle apporte. La dette seule ne satisfait pas plus qu'une marque blanche, le don sans la dette est tout autant déceptif.

Tout comme le fondateur de Publicis, Marcel Bleustein-Blanchet, je ne fais de publicité ou dc communication politique, mais si je me laissais aller à l'exercice pour la France, je pourrais dire que la dette, c'est ce qui est dû à tous les citoyens : vivre en paix et en sécurité, pouvoir se promener sans crainte, avoir une police respectée et respectable, une justice « juste » compétente, efficace et respectée, qui inspire confiance aux citoyens, une éducation nationale qui enseigne et forme de manière équitable et exigeante (les filières d'excellence et les grandes écoles sont objets de fierté et d'aspiration), garantissant une vraie égalité des chances et permettant ensuite de vivre dignement de son travail et satisfaire de légitimes ambitions, un hôpital qui soigne avec des moyens à la hauteur de son ambition, un accès libre aux même soins, aux mêmes traitements à une même santé pour tous. Un État plus sobre, plus frugal, qui se réforme et se désendette pour mieux assurer l'avenir de tous. Ces sujets ont été largement relevés lors des dialogues sur nos plateformes.

Le don, c'est ce qui est donné de surcroît : des valeurs respectées et pas seulement proclamées, un comportement des gouvernants irréprochable, des victoires donnant un sentiment qu'on est tous gagnants et le tout aboutissant à la fierté d'être français.

Le don sans la dette, ce « supplément d'âme » sans les contraintes, en ne répondant pas aux problèmes de fond, en ne les traitant pas (une bonne fois pour toutes, nous disent-ils), ne fonctionne pas. Tout comme nos concitoyens sont bien conscients, en ce qui les concerne, qu'il ne peut y avoir de droits sans devoirs. Kennedy l'avait traduit par la fameuse phrase : « Ne vous demandez pas ce que votre pays peut faire pour vous, mais ce que vous pouvez faire pour votre pays. » Nos Français sont résolus, ou à tout le moins prêts à prendre leur part du fardeau, mais ils attendent aussi que les hommes et les femmes qui les gouvernent s'appliquent à eux-mêmes, de façon intransigeante, ces règles.

Toutefois, le tableau dépeint présente une image réductrice de la population de notre pays.

C'est l'exercice qui veut cela : je me suis concentré sur la classe moyenne que nous avons étudiée, celle qui a le moins bénéficié de ce que le pays a su générer, compte tenu de la faible croissance des dernières décennies. Celle qui a le plus souffert des périodes de crise, du chômage. Celle qui a le plus durement ressenti les faiblesses de notre système, du fonctionnement de nos institutions. En somme, la plus exposée. Celle aussi qui a donné naissance aux Gilets jaunes et les a soutenus, ou qui grossit en partie les rangs des populistes. Celle qui se sent blessée, mal aimée et qui a tant besoin qu'on l'écoute et que l'on agisse pour elle. D'autant plus qu'elle est la majorité silencieuse.

Et pourtant, ce qui ressort de toutes ces études, c'est l'extraordinaire lucidité des Français « moyens » (horrible expression) vis-à-vis des problèmes que connaît notre pays dans les différents domaines longuement énoncés dans ce récit et de la nécessité impérieuse de mener des réformes de fond.

Ce qui frappe également, c'est le courage et la résilience de la vaste majorité de la population, sa volonté de se prendre en main, sa gêne devant l'assistanat, son désir profond de fierté pour soi, son accomplissement et son pays.

Les Français estiment que les ressources sont là, bien réelles, et c'est sans doute pour cela que l'avenir peut être façonné pour leur permettre de réussir leur vie et de mettre un terme au déclassement, aussi bien pour eux que pour la France.

Remerciements

Un grand merci à Véronique Langlois et Xavier Charpentier, les co-dirigeants de Free Thinking, l'Observatoire de Publicis du comportement des consommateurs. Depuis l'origine, ils ont suivi toutes les études toutes les enquêtes et ont acquis une connaissance inégalable des humeurs, désirs, espoirs et comportements des Français. Ils ont contribué, au-delà de ce qu'ils peuvent imaginer, à la réalisation de ce texte en m'apportant une aide immense, recensant, organisant et sélectionnant le matériau de base de mon travail, sans ménager ni leurs efforts ni leur temps.

Pour sa patience, son art à déchiffrer mon écriture, mes sincères remerciements à Charlotte Ghazarian, mais aussi mes excuses pour le nombre de fois où, insatisfait, j'ai dû remettre une nouvelle version de mon texte, puis une autre…

Mais surtout, je remercie tous les Français qui ont participé à nos études au fil des ans. Ils nous ont confié leurs modes de vie, leurs états d'âme, leurs espoirs, mais aussi leurs craintes et leurs déceptions. Ils se sont montrés ouverts, généreux et sincères.

Annexe

L'Observatoire FreeThinking des classes moyennes est un corpus d'études qualicollaboratives sur quatorze ans.

FreeThinking est le laboratoire de conseil et d'études collaboratives au sein de Publicis. Pionnier et pure *player* du quali-collaboratif, FreeThinking est spécialisé dans la détection de tendances en France et à l'international.

FreeThinking a créé une approche nouvelle de l'investigation sociologique et de l'écoute de l'opinion, prenant appui sur la culture du web conversationnel et communautaire pour libérer et stimuler la parole des citoyens, et pour entendre ce qu'ils se disent entre eux, qui est souvent plus riche que ce qu'ils disent aux institutions.

Voici quelques-unes des études menées par FreeThinking sur le moral, les réflexions, espérances et inquiétudes des Français des classes moyennes.

La campagne présidentielle vue par les classes moyennes, avril 2007.

Les réformes vues par les classes moyennes, octobre 2007.

L'action du président vue par les classes moyennes, janvier 2008.

La France des consommateurs pauvres, mai 2008.

L'action du président au bout d'un an de mandat, mai 2008.

Les Français face à la crise financière, octobre 2008.

Les Français face à la réforme des retraites, novembre 2010.

France 2010, entre urgences et espérances, février 2011.

France 2011, entre urgences et espérances, septembre 2011.

En 2012, changer de logiciel, novembre 2011.

Respecter 2012, janvier 2012.

Camp contre camp, mars 2012.

La société de consommation d'après, septembre 2012.

Europe 2013, un continent à la dérive, juin 2013.

Rétention, déflation, réinvention, juillet 2014.

Dissonances, la France d'après le 11 janvier, avril 2015.

La société de consommation en voie d'ubérisation ?, juin 2015.

La porte étroite, octobre 2015.

Du sang neuf, avril 2016.

Déflation 2e génération : les Millennials, janvier 2017.

Toujours debout, juillet et décembre 2017.

Marques responsables : un nouveau monde est-il possible ?, octobre 2018.

La France des Gilets jaunes, juin 2019.

L'argent et les classes moyennes, octobre 2019.

Rester chez soi : la France sous Covid (1), mars 2020.

La rentrée d'après : la France sous Covid (2), septembre 2020.

Retour chez soi, la France sous Covid (3), novembre 2020.

Anti-Covid Therapy, la France sous Covid (4), février 2021.

Le malaise français, mai 2021.

Faire confiance à la jeunesse, octobre 2021.

Pour plus d'informations sur ces études, www.freethinking.fr

Table

Cet ouvrage a été imprimé en France par
CPI Bussière
Z.I. rue Pelletier Doisy
18200 Saint-Amand-Montrond (France)

pour le compte des Éditions Fayard
en février 2022

Photocomposition Belle Page

PAPIER À BASE DE
FIBRES CERTIFIÉES

Fayard s'engage pour
l'environnement en réduisant
l'empreinte carbone de ses livres.
Celle de cet exemplaire est de :
0,550 kg éq. CO_2
Rendez-vous sur
www.fayard-durable.fr

N° d'édition : 47-1792-1/02 - N° d'impression : 2063673